U0038369

愛琳的日記

張秀亞 著

三民書局

代序

母親手中的筆——尋覓美之最高境界

于德蘭

愛琳！多麼美的名字，「愛琳是誰？」許多讀者寫信問我母親這個問題。愛琳是滄海人間的一個人，也是很多人的影子，讀者們可去思索，即使走過人生的荊棘，母親用筆點寫出來，主要傳達給讀者的信息是：「活著，畢竟是可讚美的。」

母親是在中部舊宅中寫出《愛琳的日記》裡的篇章。她愛那老宅木屋，那風雨中搖晃多語的門窗，愛鄰近的人和物……。要不是當年因我們兄妹倆北上求學，她返母校輔大教書，之前她從未有過他遷之念。還好母親書內這些純樸佳美的故事，向讀者們細細道來，一起回味那段值得憶念的時光……。

她以一些意象、幻思邂逅，許多憶念及想像融合生活現況綴出夢之綠原，形成一篇又一篇流暢動人的散文，小說及詩……，她將讀者帶入一澄明的湖邊展卷，母親自詡為美之境界的拾荒者。

母親由初中時即開始向各大報投稿，一生近七十年的創作文學生涯。她純真有赤子之心，用字典雅、雋妙、生動，有哲思及詩情；她全心全力投入寫作，有自己的作品風格；她寫出的每篇文章都是審慎幾讀通過才寄出，說她寫出的字字句句都是嘔心泣血之作也不為過。母親文章得到廣大讀者喜愛及反響，是她一生最快樂的事。

名詩人、名編輯痖弦先生說：「張秀亞以不到三十歲的年紀將美文這支火把帶到臺灣，四、五十年代創造了文學史上空前未有的女作家活躍時代，張秀亞在那個時代有引領的作用，為燃燈者。沒有張秀亞，美文不會出現也不會有年輕的美文作家。她是承先啟後的推手。」他並說：「張秀亞每篇文章都可入教科書中。她是真正的美文大師。」

因母親的作品不但可提升讀者美的心靈境界，亦給予失望的人力量及帶來希望，她以文字鋪陳出的是一塊沒有任何汙染的文學淨土。

現今世界變了，即使人心也變了，但真理不會變，值得一讀再讀的好的文學作品，更是亙古常新不變的。

母親曾說：「每一位藝術家的生命是一支歌。」母親一生用心以文字為讀者們唱出了優美動人的歌……。無論在任何世代，希望細心的讀者們都感受到這些美文的芬芳，追求更高的文學境界，體會到生命的真諦，每位心中也唱得出一首好歌，使人間更為可愛美好！

寫在《愛琳的日記》四刷付印前夕

這本書是我卜居臺中市時寫成的，時光如駛，幾年已經過去了，在四刷付印之前，我將它拿在手中重讀一遍，也重新溫習了一下過去的經歷與感情。

那時候，我住在接近郊區的一棟木屋中，那就是書中〈老屋與貓〉一文的背景。那房子雖然簡陋，但我對它仍有一份深厚的感情，我記得那雨點落在芒果樹上的聲音，沙沙的微響有如舊友的絮語，我記得那中午的日影緩緩的移過生苔蘚的石階，我記得院中那在晨光中托著牛奶杯的小茉莉，……這一切渲染了我生活的畫面，那幾年——在木屋中居住的那幾年，也許是我一生中最快活的時光了。而那木屋內外，在西風中多語的門窗，那半堵要待櫸樹修補的牆垣，那為煤煙燻得黑黝黝的廚房中壁燈的罩子，處處使我聯想到歐文(W. Irving)筆下的古老宅院，昔日那些聚於斯、食於斯的人們，他們遷來得比我早一些，離去得也比我早一些，我雖未及見他們，但在那些煤煙燻燎的痕跡中，我似乎聽到了他們的聲音，看到了他們的影子，而生出無比的親切之感，我在這簡陋的小屋中發現了傳統所留下的芳香以及家庭中特有氛圍，我日日沉酣其中，而不思他遷。

在這幢木屋中，我日日以寫作自遣，我曾將一個文藝工作者譬喻為珊瑚女工，一日日的她用全部的心力來製作那顆顆晶瑩的珊瑚，務使它圓潤、優美，她不惜以自己的汗與淚來潤澤它，使它由內至外閃現出奇光。等到她將琢磨好的珠顆送走，再開始去琢磨另外的一些，正像雪萊所說的，將快樂與美贈給讀者，將辛苦留給自己。

這本《愛琳的日記》中，留下了我在臺中木屋中生活的紀錄，以及在那小窗前雕成的珊瑚珠串。我願以之贈給讀者朋友們以及遠近的知音。

民國五十七年七月　　張秀亞

題詞

給予比接受更有福，神呵，讓我做個有福的人吧，給我機會，給我勇氣。以我自己做榜樣、平和、寧靜、無怨、無嗔，像那路邊的松樹，山頂的白雲，依草的花片一般，在生存的一剎那，展現出詩與真來。讓我和那樹那花一齊歌唱吧：

「活著，畢竟是可讚美的。」

節錄自本書中〈愛琳的日記〉

寫作二十年（代序）

悲多汶說：「文學便是心靈向心靈的傾訴。」但從事寫作有時實在是一件痛苦的事，因為你一邊搖著筆，一邊情不自禁的會想：是否有人在傾聽著我？

寫作，在一篇小文章中我曾喻它為「窄門」，要想走進這道窄門，勢必拋棄了一切。但我早已拋棄了一切，至今卻仍在門外踟躕徘徊，時光的風輪並不等待我，二十年的時光已經過去了。

適間無意中在一本舊書裡發現一張變黃的報紙，那張報紙上的文藝欄中，印著一首這樣的小詩：

年老的手杖敲響了街心，
舊履輕拍著寂寞的路，
憂愁使這條路變得比平日遼遠，
他還有比路更長的思念。
一隻鳥兒向雲裡飛，
灰色的翅膀負著夜的黑，
眼睛在棕色的帽簷下逡巡，
一個疲憊的旅人，
沐浴著路燈的光，
倚著樹身。

這是我的第一篇作品，發表在二十四年九月十六日天津《大公報》的文藝欄（那時這一欄叫做「小公園」）。這在我是寫作的開端。那時候我正在初中讀書，對文學有無限的迷戀。記得那是一個夏天的晚上，家人都睡去了，只有花壇中的茉莉，在幽暗的夜空氣中吐發著淡香，月色正在牆頭展開它銀色的肩巾，牆外池塘中，是一片蛙聲的急管繁絃，我靜靜的坐在院燈的微光下面，伏在一張小桌上，看著天邊流星眨眼，想到早晨看到一張畫中的情景，寫成了那首小詩。寫出去後，很快的就被刊出來了，更得了八枚銀圓的稿酬，這在我真是無比的鼓勵。我終日除了上正課以外，大部分的時光及精力，皆「投資」在寫詩上面了，同時，我讀了一本法國莫洛亞著的《雪萊傳》的中譯本，詩人的生活，引起我的心羨，並且也時時有意的徹夜不眠，為了在鏡子中可以尋到一張蒼白的孩氣的面孔，呵，「蒼白」的面色，不就是一個詩人的特徵嗎？就為了一心要做個詩人，我常是不眠不食，苦苦吟哦，兩年後，一場大病，幾乎死去，那以後，我才漸漸明白病態的身心正如病態的文字，是不值得去加意仿製的。

課餘之暇，我也常倚立在蕭蕭的白楊樹下，望著噴水池中濺發的銀亮水花，做我無邊的文學綺夢。我的童稚的心中，充滿了瑰麗的幻想，也似瀰漫著無邊的哀愁。這時候，一個陌生人的影子，突然闖入我幻想的邊緣。

那人是一個文藝工作者，那時正主持著一個大型文藝雜誌的編務，我也偶而以不成熟的詩文投寄去，一些些溫暖的鼓勵與嘉勉，一札札贈送的稿紙和書報，在一個孩子的心中，便有了極大的分量，當時我覺著似乎在他的箋紙上看到黎明的霞雲了，甚至將這個陌生的未謀一面的編者，當作文藝之神的化身。那時我只有十幾歲，心地是無比的純潔，雖然天真的靈魂一度感到痴迷，但實際我所傾心的只是一個遙遠的夢，而非一個人間的「人」，我並不需要看見他，我也曾拒絕到天津倫敦道去看他。我只是更努力的在紙上寫著，寫著，……我寫，只是為了使那「文藝之神」可以看到，可以修改。有時候他的編務繁忙，疏於給我作函及改稿，我便立即感到意懶心灰，拋去了那枝筆，覺得它似乎有千鈞之重，再也無力提起了。一直到他再熱切的來信催促：

小姑娘，你要努力寫下去呀，才提起筆來就又放下，像什麼話呢，你已經有了一個極可喜的開端了，你應該使你創作的火焰一直燃燒下去。你應該多寫，寫得更好。寫完後，應自己多看幾遍，多改幾遍，我願在寫作上和你共勉，但不可指望著我為你修改，寫作，應該是你神聖的工作。

他是如此的態度嚴肅，神情和藹，至今我似乎仍聽到他那琅琅的語聲（他的百來封談寫作的小箋，我仍保存著）。他以一隻充滿了溫情與善意的手，將我指引進那典麗華貴的文藝廟堂，他對我寫作上指示的三點：嚴肅、認真、獨創，至今仍是我寫作的南針，我一直也不曾去會見這個人，這個在文藝上的啟蒙師，但是他給予我寫作上的影響既深且鉅，向著遠天的白雲，我寄上無限的感激與祝福。

高中畢業的前一年，我已經寫了不少篇的詩文，雖然幼稚依舊，但我已能經常為當時幾個報紙及雜誌寫稿了。在那年暑假開始，我忽萌奇想，一定要去開拓生活的天際線，我覺得家中的小天井限制住了我，一個文藝工作者，一定要在風雨中度著流浪生涯，才能領悟生活的真味，才能寫出動人的作品，我當時並不曾考慮自己的年齡、學識及當時環境，而毅然決然的帶了一小束行李，幾本文藝書籍，離開了天津的家，到北平去「流浪」了。至今思起，當時在一個女孩子那確是樁冒險的事。幸而那時有一個堂姊也在北平讀書，她在車站上迎接到我這個小小的流浪人，並將我安置在一家女子公寓裡，但第一天我即感覺到流浪生活的澀苦，守著一枝蠟燭，聽簷雨滴答，直到天明。在居留那古城的半月中，我曾拜訪了我當時崇拜的作家凌叔華女士，在她那裡，我受到親切的招待，她在文學藝術上有極大的成就，她的一句一字至今猶在我的生活中閃著奇光。十多天後，又在堂姊的護送下，我帶著幾本買來的文藝名著及一尊維納絲的胸像，回到了天津的家中，慈愛的母親以含淚的微笑，歡迎我這流浪的孩子歸來。對文藝的熱愛，使我這多幻想的孩子插了翅膀，但外面天寒風冷，我終於又記起了慈母懷中的溫暖。

放棄了流浪者的美夢，我仍丟不開對寫作的憧憬。飄流在外的兩週，既不曾掇拾到什麼驚心動魄的題材，我開始喜愛了田園作家們的作品，而試著加以模仿，我開始回過頭來在童年的回憶中尋求材料了。十歲前鄉居生活的片斷，故鄉的舊宅，以及籠罩著它的神祕氣氛，還有那古老的祠堂，它後面成林的杏樹、棗樹，樹下跳著的村姑，同那浴著落日微光歸來的浣衣女，都成了我敘寫的對象，但因對那些曾點綴自己生活畫面的人及物所知並不深刻，也從不曾付予真摯的感情，所以寫來也只是浮光掠影，只是些閃著亮光的玻璃珠而已，但為了這些，已消耗了我將近六七載的少年時光，也許有人認為這是鍛鍊技巧的初步吧，但我始終以為那是生命可怕的浪費。文學、文學，古今不知多少人像我一樣，曾痴迷的為它付出了一切，到頭來也和我一樣，深感它的遙遠難追！

多投了一些稿，發表了一些不成熟的詩文，我也漸漸結識了一些文友，其中一個就是詩人羊羽，她那痴憨的笑容，至今猶閃爍在我的記憶中。她常常寫詩，詩句更常以「你」字開頭，當我曾笑問她這些你字都代表的是誰？她的眼睛中閃動著美麗的光芒：

「這些『你』字都說的是你呀！」

在一個秋日的清晨，在天津的寧園，我們曾在水上泛舟，她以木槳輕拍著水面，語調低沉的向我說：

「你努力寫吧，能向遠處走，最好離開這氣壓太低的地方，……我對自己有個不幸的預感——我會死去的。」

一隻螢蟲在水上低低飛過，水霧在淡月的光影下，變得更為白濛濛的，我當時不知她為什麼突然會說這樣的話，後來，在日軍占領華北以後，她果然為了曾寫愛國詩篇而被捕，終於瘐死獄中，她以身殉詩，更以身殉了對祖國的愛，在近代詩史上，要算是第一人了。我此刻默默的背誦著她的絕句：

「我有無窮憂鬱，自白雲飛來」而感到無限的悲哀。詩人皆是有真性情的人，羊羽不曾教我寫詩，但她教給我比詩更美的一個字「真」！

我中學畢業後，考入北平的一個教會大學，為一些宗教文化機構，寫了幾個小冊子，譯了一些西洋雜誌上膚淺的小說，也寫了一些詩文，在校刊上發表，那些短小的篇章，反映出我當時心理上的迷茫。記得其中一篇散文詩的內容約略是：

一天，我似在一道迴旋的玻璃樓梯上走著，對面來了一個女孩子，她穿著藍色的衣裳，長髮飄拂，眉目間似是深鎖著憂鬱。我問她是誰，她只微微一笑，並不回答，我再問著：

「你是誰呢？」

她仍然默不作聲。

寂靜的空氣中，卻傳來鳥鳴一般細碎的聲音：

「你自己，你自己，還是你自己。」

這聲音本身好像是插了翅翼的，飛了過來，又飛了過去。這原來是我自己嗎？何以對我是如此的陌生？我們一向是忙著去了解別人，卻忽略了自己。我們一向忙著以心智的三稜鏡去分析別人，卻忘了去認識自己……。我想著想著，不覺入神了，一跤跌下了那迴旋的玻璃樓梯……。我驚悸的醒了過來，發現手中的圓鏡已掉到地上粉碎了。

這是一篇短小的散文詩，代表著我一個時期的文章風格——多幻想，缺少著樂觀的情調以及現實主義的色彩。像法國批評家聖佩甫所說的：「科學、觀察的精神、成熟、力、一點點嚴酷……」都是我的文字中所缺乏的。我有的只是：詩、夢幻、荏弱、一點點對人的同情與溫愛。我的失敗處，也是我文字的缺欠，一句話——正如佛羅貝所說的：「我厭惡現實。」

我愛的是自然，對大自然的愛好，自幼時一直保持到現在。人間的一切會給你歡笑，但那歡笑裡面含有著毀滅，物質上的一切會予你刹那的幸福之感，但那一刻的幸福背後，卻跟蹤著滿船的不幸。能予人永恆快慰的，只有那時時微笑著的大自然的慈母。它永不會太偎近了你，也永不會太遠離了你，它展現在你的面前，它呈示在你的夢中，它對你的溫愛，表現在似有若無的山色，如泣如訴的水聲，花開花落，白雲舒卷之中，總是那麼似遠實近，似近又遠，你無法再更接近它，但卻無時不為它環抱著。大自然這麼多年來，一直是我的慈母，我的愛者，有一個作家曾說過：

「小黃花瓣裡，重新出現不朽的真理。」

這真理就是我至今仍苦苦追求的，在那荒原上的一葉一花之中。

我曾經作過一支小歌，其中有幾句是：

我至今仍在人生的幽徑上漫步，
尋覓著那淡色的小花中所含蓄的真理。

在人生的小徑上蹉跎愈久，我更了解寫作的素材，要向人海的幽深處去覓尋。我遂有意的放棄了描寫幅度廣闊的世相，而開始向宇宙的深邃蠡測。我發現：自任何的方寸之地，皆可能尋到富麗無比，沉埋已久的龐培城。正如詩人愛默生所說：「一滴水是一個海洋，一粒塵是一座丘山。」而同樣的，也可以說，自一顆素樸真摯的心靈，你可以尋到最動人的瑰麗的故事。

近年來，鄉居埋首，我更研讀了一些如美國小說家安德森的作品，他的文字，似比愛倫坡以及吳爾芙夫人更進了一步。他寫得是何等纖細，何等瑣碎，然而，是何等的動人。他不寫戰爭，他不寫愛情，凡是一些從前作家們認為可以汲取的題材，他都一概加以摒棄，他寫著心理病態者的一隻手，他寫著一個無聊的鄉村醫生袋中的一個紙團……是的，一隻怯怯的蒼白而顫抖的手，一個揉得皺了的小紙團，他以之為中心，而刻劃出那些卑屈的、可憐的小人物的心理，如此深摯，如此感人，如此引人入勝。他的藝術手法，即使不能稱為化腐朽為神奇，至少也可以稱得起是化平庸為新鮮，我以為尋找那些遙遠的、怪異的事物並不是一個作者的責任，而實際上「近旁的事情和遼遠的事情一樣美麗」、「近旁的解釋了遙遠的」。一粒沙中見世界，也正是這個道理。

最近這兩三年來，在小說及散文的寫作上，我有意描寫生活中的瑣屑，那不是避重就輕，而是希望自生活的最微細處，反映出那顛撲不破的堅實真理。

在寫作上，我同時也極端注意字句的結構，所能表達的意象，以及形成的節奏。記得一個哲學家說過這樣的警語妙句：「大學的禮服、基金，也不能和最渺小的一個雋妙的字句對抗。」他這一句話語，已非大學的禮服和基金所能對抗的了。這句子中有兩個關鍵的字：「雋妙」，值得每一個作者付與絕大的注意。文章中的句子如同蠟燭，短小沒有關係，要的是它頭上搖曳的那一點光焰。這光輝，即是由作者的靈臺閃爍出的一點火星，照亮了作者與讀者心靈的角隅。

寫一篇文字時，即使是一首四行的小詩也罷，我不忽略對每個句子的琢磨，我注意每一個字在讀者心湖上的投影，如果既無光又無色，我就塗去了重寫，直到它勉強達到了我的要求。

記得在一篇寫作經驗中，我曾如是寫過：

> 一篇文字的富有生命，乃在文章節奏的生動，節奏是文章的脈搏，一篇文字的富有魅力，乃在於它在疾徐自如中有著進展，宛如水，不假人力、風力，自自然然的向前滑流，這節奏與進展，乃形成了文字的沛然盎然的生機。

沒有節奏的文字，是沒有脈搏的靜物；沒有進展的文字，是一灘死水。節奏，在利用文字的旋節，句法的長短，形成那份搖曳與生動；進展，則端賴流貫句與句中的思想有以促成，無此二者，文字雕飾得如何華美，如何色彩斑斕，也只是死水上的綠膩。

節奏，造成它的祕訣半在選字，半在擇聲；進展，形成它的祕訣，在於疏通思想的泉源，使它婉轉流溢於文句中，形成一種內在的、神祕的力量。

選字，在於把那年代磨爛了的字，賦予新的生命，這是使枯草轉綠，敗花成蜜的本事，也是造成自己文字特點的訣竅。其實，說來也無他，只是揀選那些最妥貼的通用的字——這一點，是美國作家哈茲里的說法，但難就難在怎樣使它合適而恰當，這靠了多讀，也靠了多想。

關於寫作的態度，我以為除了嚴肅二字以外，更無其他適當的字了，文字，不，文學的工作，是屬於靈智的活動，是以作者的心靈，面對人類的心靈，再訴諸讀者的心靈，它所能及的，以及它所面對的對象是如此的崇高，一點點的輕忽與鬆懈，都是褻瀆了這份神聖莊嚴的工作，所以，在寫作上，並無捷徑，只是認真，認真，還是認真。

自從我以低能的手握持住這枝笨拙的筆，二十年已經過去了，寫來寫去，只發現更多的困難，人生的礦山，更待去深深的發掘，而同時更需要犀利而透闢的觀察力與表現力。

我願意寫出人類的苦悶、精神上的癥結，也願寫出地球面上一片愴痛的呼聲與愛的呼聲。這愛，所指的不一定限於男女之間的，親子、兄弟、友朋之間的愛，以及博愛、人道主義的精神，人類對真理的愛慕及飢渴，同是值得謳歌讚美的。

我有意拋棄了以前常出現於我筆端的月露風雲，而願於未來的歲月中，描繪那些值得描繪的景象——寫那些平凡的小人物，日常平凡的行徑中所表現的不平凡的感情、崇高的意念，但如要描寫這些，起碼作者得有博大的胸襟，才能領略、體會這些不平凡的感情與崇高的意念，且能予以恰如其分的發揮。

我自知我的修養還不夠，我的心靈也不夠偉大，足以與人間的偉大情感發出共鳴，但我願努力做去，燃燒著自己心胸間的光和熱，如同春天林表一隻知更鳥，為了謳歌那崇高的理想，發出我的低聲輕唱。

目次

代　序　／于德蘭　1
寫在《愛琳的日記》四版付印前夕　10
題詞　18
寫作二十年（代序）　23

老屋與貓　35
湖上的小詩　44
鄉居　50
槲寄生　54
曼陀蘿　59
指環　63
月明中
愛琳的日記
一卷詩
寄瑪蒂璇

宛青的信 67
寄林婕 82
珊瑚珠 97
一位隱逸的作家 103
像贊
——寫給匈牙利一個無名的女英雄 112
寫給阿泉 119
栗色馬 126
文苑
——一個學生們編的刊物 141
與菁菁談寫作 149
愛與死 154
女詩人和舟子 167
談文藝創作（代跋） 179

老屋與貓

我愛這座老屋，這座古老的木屋。

我住在這裡已經七年了，從不曾有過遷離的念頭，我願意我生命的太陽日日臨照著這老屋的窗子，直到最後沉落的時光。

老屋是簡陋破敝的，那屋簷能篩落星光，也能漏下雨水，有許多鉛管已經鏽了、斷了，一些木板的結合處也已開裂，一些小小的綠色植物，便以那些縫隙為家。我想丁尼生那首詩〈牆縫裡的小花〉，大概便是目睹此種景象寫出來的。許多朋友都覺得這樣的處所不堪久居，勸我搬走，我只搖搖頭笑笑。喜愛這住所的理由，我說不分明，我只覺得這座老屋在我好像是那潘度拉的魔盒。

也許，我喜歡的是這兒那灑在豌豆上綠色的雨嗎，那搖撼著木瓜樹的帶香味的風嗎，或是那幾里之外，午夜聽來格外清晰的汽笛嗎，我說不清楚。記得當初我留在×地時，為我典進這棟房子的朋友，曾寄了這建築的平面圖同屋子的照片給我，照片中有高聳的尖頂小閣樓，門前還站著穿木鞋的小孩，看到這，我當時就極為高興，寫信對她說：「好吧，為我典下來吧，這房屋是一個流浪者理想的家。」自從我住到裡面以後，好像是補償半生的跋涉之苦，過起了「靜物」一般的生活，老屋的門窗，便是那張「靜物」寫生的畫框。

遷入這棟房屋以後，任何地方皆未修葺，只築了一道竹籬圍牆，籬牆內，自己形成了一個世界，我在給那友人的信中，引用了一個哲學家的句子：

> 這樣靜，這樣寂寞，而內心又這樣愉快，在我的眼睛上，愉悅和滿足的井水在溢著。

我又說：

河水有了堤岸的拘束才激濺，我的靈魂因過分的平靜而唱歌。

我很恬適的住在這裡，天晴也好，天陰也好，我每日總坐在窗前那把籐椅上，有時，書同筆使我感到厭倦，我便靜靜的凝望著那霉溼的牆壁，我遂變成了安德森小說中的人物：在一堵牆上，彷彿看到了許多東西，一些在這世界上失去了的，或猶未顯現的東西。我在那些霉溼的跡印上，像是看到了故鄉外祖家的老屋，那屋脊上的玲瓏怪異的獸頭，那糊著褪色藍綢的鏤花槅障，那窗眼上新換的雪白粉連紙——上面還塗了一層桐油，發出一股濃烈的味道……。那窗眼還留了一個沒有糊紙，上面遮起一塊花綢的小簾子，任那隻可愛的貓兒出進……。我記得那是一隻好看的貓，有烏雲蓋雪的黑白相間的皮毛，更有兩隻神祕的眼睛，像是寒夜搖曳在深巷的紙燈籠，更像是才擦亮的黃銅門環……。

我開始希望有一隻貓，來做我的伴侶。

一連串的美好天氣，木瓜樹上掛起了綠色的錦囊，鶴頂紅的花，鮮豔得有如琥珀；老屋的門外，居然有一輛車停了下來，這是罕有的事，友人居然不曾忘記我，帶給我歡笑同遠方的塵沙。愛熱鬧的廚婦為了這生活中新鮮的節目而微笑，老屋中深垂的寂寞幕帷捲起來了。

屋子裡多了笑話，更飄起了蔻丹的甜美香味。廚房裡，水壺同鍋子發出了快活的歡呼，後院的晾衣竿上，多了一些色彩鮮明的內衣，同鑲著精緻花邊的襯裙……。圍牆外，終日有些烏黑的小眼睛在窺望著，……附近都知道老屋裡來了一位城中的女客。

但這熱鬧的節目終也更換了，舞臺上又恢復了原來的空靜。車聲轔轔，友人又去了，圓桌上殘餘著段段的菸尾，半杯剩茶，在陽光中顯得格外黃澄澄的，杯沿，還印著那嫣紅的脣痕，似乎重複的向我說著那一句話：

「我喜歡你這屋子寂寞的情調。」

這簡單的語句中，似含有深刻的義蘊，我思味著、揣摩著，突然，那份寂寞孤獨之感，像是變得格外強烈了，沉甸甸的，重金屬般壓在我的心上，木屋中是多麼淒冷，一種向所未有的淒冷侵襲著我。我轉首望著窗外，地上正流瀉著一片陽光，那麼炫麗，那麼灼熱，那些怒放的堇花，顏色鮮麗得像是紙剪的，一隻小鳥自唱自答的飛了過去，抖動了枝頭昨日的花朵，默無聲息的落到溼地上。韭菜蘭也在開花，朵朵瑩白，好像生日蛋糕上的一些小蠟燭，但這些都不能安慰我，使這「靜物」安心回到它的畫框裡去。……我在日影中徘徊著，計算著今晨離去的那位朋友的行程。她今天下午該上船了，那該是童話中所說的白色的、華麗的船，飄上了那藍色皺紙似的海上……，更有一些鷗鳥的翅翼，向它揮著潔白的手帕……。我神馳遠方，我突然感到這個屋子的狹隘、破敝、生活的板滯、無聊……。

一陣大風雨之後，竹籬都坍倒了，住在其中的我，更失去了自築的牆垣，呵，以前在這棟老屋中獲致的寧靜、愉悅似都失去了，流走了，我渴望著平凡的生活中發生點奇蹟。

一天，我正在椅子上發悶，破籬的縫隙裡，驀的傳來了柔弱的咪唔聲……，是一隻貓兒呵，毛色是黃白條紋的，好似夕陽臨照的湖水，眼睛呢，正像那才擦亮了的黃銅門環……。我想起了童年時在外祖家看到的那隻貓，那隻在窗眼中一方花綢簾帷下出進的貓，我當時想抱牠而又不敢抱，如今，我可以抱起這隻貓了，我並不用牠捕鼠，只用牠驅逐去那朋友所說的老屋中「寂寞的情調」。

我輕輕的將貓抱了起來，一股溫熱傳上了我的指尖，貓兒像一把小熨斗似的偎在我的懷裡，又突然像一個毛線球似的滾落在我的足邊。我舉起了牠，那明亮的眼球中，映出了窗外一片飄動的綠色，我不禁想起了一句詩：

在她的秋水裡，
碧綠的草地經過著。

我拉開了抽屜，拿出那許久未曾觸動的針線盒，找了一條花綢，為貓兒繫在頸際。那小動物在屋中走動著，兜圈子，綢結在夕暮的陽光中發著亮。我感到一陣心跳，生活中的一灘死水被攪動了，在那粼粼的細浪中，我似又看到我釣起過，又跳入水中的閃光的小銀魚。

我抬起頭，窗外晃動著一個小影子，我認得，她是照片中那個穿木鞋的孩子，巷中那糕餅師的獨女，是一個最愛臉紅的孩子，她來做什麼呢？

我打開門，向她問著：

「孩子，有什麼事嗎？」

「我來找我家丟失的貓。」她指著屋角：「就是這一隻。」她說著，臉變得更紅了。

我感到一陣暈眩，這小貓竟也不能屬於我。

孩子抱起貓，輕輕的掩門出去了，我走近那貓兒曾偃臥過的椅墊，上面似乎還有牠留下的一絲溫熱……。幾分鐘過去了，門又輕輕的被推開了，那個孩子又回來了，手中捏著那曾繫在貓頸的，鬆解開的花綢結。

「這是你的，太太。」她臉紅紅的，將那結子扔在地上匆匆的走了。

我已無力撿起那綢結，只任它拋在那裡。

老屋中暗下來了，廚婦已經捻亮了燈，一道光流，斜斜的射在霉溼的牆壁上。我隨手翻開一本舊雜誌，上面有一張箋紙，其中有兩行字跡：

前日風雪中，
故人從此去。

紙色已經變黃，我已記不起是什麼時候寫的了，但我已感覺到紙上所寫的那些，都說這是夏天，我卻已感到凜冽的風雪撲向這老屋……。我另外鋪好一張箋紙，寫信給一位熟識的師長：

我決定接受你們的盛意，下半年到貴校去教書，走出這間狹隘的屋子。

寄出了那封信，心中似乎輕鬆了許多。我燃著了一支 Salem 菸，那淡淡的香息，似是引我來到了一座荷花池畔。

天色晚了，我開始在那「荷花池畔」等待月華。明麗的月光，會使我忘記了老屋的黝暗，而聯想起貓兒黃白相間的茸毛。

湖上的小詩

澄明的眼睛是人的靈魂之窗，而湖水是大地的眸子，多少年來，我深深的愛著湖水，那大地之母的溫柔眼波。

在古城讀書的時候，學校的門前，正好是一片藍湖，為秀逸的蘆葦環繞住。那一片清光，浸潤了我的心靈，也容匯了我生命的河流。那沉默而柔媚的湖，一切屬於它的，都像是自詩的國度移來：湖岸上那垂垂的老柳樹，那綠色的潮溼的長堤，還有三月的黎明，自湖岸傳來的鷓鴣鳥的啼喚，隔著水，傳到長夜不寐者的窗前，也似為乍溶的湖水浸透了，是怎樣的斷續、幽咽，但又充滿了希冀，預言著花繁葉滿的辰光！

四年的學校生活，一多半的光陰我是在湖濱度過，做了湖岸老柳下

的一座塑像，守著夕陽，伴著臨水的白岩，我的心靈，似變成了一隻神祕的杯盞，將那澄藍的湖水，連同湖畔的靜寂，全部盛接，時而悄然低吟：

我獨伴著湖水深處的靈妃，
與無邊的寂靜。

我在湖邊獨坐之頃，常是帶了一卷小詩，同自窗下擷來的一朵小白花。但是湖上那份清極麗極的光景，使我讀詩常不能終篇。呵，真的，不論多麼精純的詩句，在那一片清光的閃爍下，都顯得異常的黯淡。詩集遂往往被拋置在一旁，而花呢，也投給那一道逝去的水紋，只餘下了我，抱膝獨坐，陷入沉思。聽著風吹過湖上，發出了寂寞的微響。去年，回憶起那一段時光，我曾寫過一篇小詩：

我曾持一卷詩一朵花來到你身旁，
在樹蔭裡靜聽那汩汩的水響，
詩，遺忘了；花，失落了，
而今再也尋不回那流走的時光。

人生真像一片湖水，我停船在那水中央，遙望著對岸的山，同掠過山巔的雲。春歸，燕子去了，山峰似仍記憶著牠歌聲的尾音，而發出回聲；秋來，雁也走了，但雲上似仍畫著那失去的羽影，只有我的心裡是一片空淨，湖水滌淨了我的靈魂，且使悲哀沉澱。

湖是無言的，它也許會細語，但那只在落雨的時候，在那綿密的聲音裡，我似聽到它在向我告訴：時光飛逝，一切飛逝……，湖水只以澄明的眼睛觀望著，觀望著，亙古如斯。也許，當年拉馬丁即曾在這樣幽靜的湖畔，在岩石旁老橡樹的蔭影裡，懷念著他那死去的愛者——英國的察麗夫人，當教堂的鐘聲掠過水面，當微風吹起了湖上的水紋，他低頭似看到命運的蹙眉，而向著那無邊的幽靜，空喚著去而不返的知音。我似看到他的淚水灑向湖上，溼了秋來湖上的落葉，而他也許感到自己不過是那水上的一葉，乃寫出了那千古的絕唱〈湖〉。

湖水，比大海溫柔，比小河凝靜，自古以來，陶醉了多少詩人的心靈，歌德與梭羅，即曾為了歌頌湖的美麗而寫出了他們不朽的傑作。歌德的〈湖上吟〉，雖是一首小詩，但已攝取了整個湖水的精神，只讀詩中的幾句，即可見到湖上的全部的綺美：

早晨的微風呵輕輕的，
吹皺了那幾灣綠水，
將熟的果子，
映影湖水中。

湖水實在太美了，那麼淨潔，那麼清亮，寫至此，我忍不住俯向記憶中那一片淡藍，暢飲神醪。十一世紀時，波斯的詩人莪默伽亞默曾對酒高歌：「酒呵，酒呵，豔色的葡萄酒！」但這藍色的涓滴，這湖中的佳釀，卻使人心神澄澈。

我飲得微醺，在幻想中登上一隻蘆葉船，停泊在湖心，我更蘸了湖水，寫出我心靈的歌唱：

呵，無言的湖水，
你在大地的心中靜息，
我泊舟在你的水心，
悄悄的和影子一同凝思。

湖岸的遙遠處是何等絢麗，
開遍了爛縵的群花，
誰知道它們是編織春來的花籃，還是春去的花環？

只有你，明淨的湖水，點綴著一朵白雲的睡蓮。
我俯瞰湖水深處，
尋覓那失去的夢影，
呵，青春的女神，
你何日再自那盈盈的波上出生？

當暮色落了下來，
太陽將火炬投在湖裡，
我黯然揮手，
向白晝的景色作別。

當群星散在水上，帶著它們甜蜜的歌唱，
像是雪萊詩中的銀星之雨，
自那晶瑩的千萬顆裡，

我只尋求當年那自頰邊失落的。

湖邊一切靜寂，
世界睡去了，
我獨坐船舷，
遙望樹梢那顆星子。
誰知道星影向這悲哀的湖水，
投上了無人見的微笑？
留住了最美麗的早春的一剎那
那三月最喜愛的一朵迎春花。

當冷露同更深的夜色墜下來，
湖水更藍了，
擁抱住這無邊的寧靜，

我停舟於入夢的湖上。

我的心靈，又變成了一隻神祕的杯盞，盛滿那碧色的美酒。菁菁，願你有一天也會愛上了湖水，同湖上那詩一般的美的景色。

鄉居

黎明，有人在輕悄的叩著門扉，我以為是遠道來的朋友，偶而在這裡停車。我囑告那幫我炊飯的小姑娘出去看看，她很快的就回來了，向我說：

「是一隻迷了路的鷦鷯，在竹門上拍著翅膀。」

我無語的微笑，只有在清寂的環境裡，才會有這樣的插曲。

很抱歉，我到底還不夠詩意，未曾給那來自山林的客人打開竹扉。牠仍然在那裡繼續的拍著翅子，同時，發出一種輕柔的鳴聲，那聲音像是帶感情的，溫潤的，灑落在我的窗前，好像是冬天去後，滴落在大地上的第一點春雨，呵，這是音樂中最美的。這是我今天生活樂曲的第一

節，它不是可喜的嗎？

那聲音引我打開窗子，在晨光中，百合醒來了，芙蓉也醒來了，花心上，像擎托著兩句詩：

我看見清晨穿了淺藍的衣裳走來了
她採來帶露的花兒盈掬。

窗前小園的一角，燃燒著各種顏色的光焰，陽光同雨露，裝飾了這裡每一方尺土地，使之比寶石還美。

我走出了屋子，倚著窗前一株樹，目光在那花葉的圖案中巡禮。空氣是澄清的，到處有蜻蜓在穿飛，那透明的翅膀，好像要溶化於空氣的藍湖。寂靜中，好像有一個聲音在詢問我：

「你在等待什麼？」

我靜靜的回答：

「我不等待什麼。」

「你盼望著什麼？」

「我不盼望什麼，貧乏是滿足寓居的宮殿。」

我回過頭來，我真喜歡窗前這幾株大樹，它們終日無言，悄悄的生長，在日光的照映下，將清蔭織繪於大地。當那神祕的牧人，吹著弦月的銀色號角，在藍色的曠野，呼喚浮雲的群羊，樹木的枝枝葉葉，乃向人吐發出微語，願我的思想化作一隻小鳥，在那距天空最近的一枝上棲息。

日午了，在暖陽的焙烤下，院角的番石榴透發出誘人的芳香。記得Pettae在一篇文章中，曾將「採擷莓子擲放於空的油漆桶中」描繪為最奇妙的音響之一種，但那何如因風自落的番石榴，欣然回到大地之母懷中的音響呢？這裡採果子是不會缺乏人手的，竹籬外，經常徘徊著躍躍欲試的赤腳的村童，我常常邀他們一同來分享這大自然預備的華筵。新採下來的果實，保存著那股可愛的鮮味，一到市街的店鋪中，就會完全失去了，只有居住鄉村的人及山鵲才能享受得到。

在暑氣全消的黃昏，我坐在籬邊，透過稀疏的籬落，可以看到鄉人在附近的小溪中「電魚」，他們手中持著的小燈閃閃爍爍，電魚的工具更發出嘶嘶的微響，這已是純粹「近代化」的捕魚方法了，更缺少了那份靜靜的垂釣的樂趣。試想划著一葉小舟，停泊在月光鍍銀的水面，憑了釣竿一支，釣絲一線，將水上的我和水底無邊的寂靜，連繫在一起，釣取那空明的一滴，來滋潤心靈，是何等的樂事！「急功近利」的電魚者，怎能領會這些？前幾天，我曾譯過一篇短文，其中的一段，引我神往：「……巴黎塞因河畔的釣魚者……，他們坐在那兒一點鐘又一點鐘，每人都靜靜的持著他的竿兒。我絕未聽到過他們中有人彼此交談，或看到他們中有人釣到過魚，雖然他們有時候拉動釣絲，以抖掉水草或換上魚餌，縱是置身於喧囂的城中，而他們只注意那漾流的河水，那在巴黎唯一的無聲的活動著的東西。」更有兩句說：「靜謐至其極致，至其最富生命之處，已不是空虛的，而是充滿了意義的。」哲人的言語，如同智慧的清泉，心靈試行沐浴其中，會滌淨了上面的塵灰。

靜居的生活使人的心靈往高妙的境界飛騰，當精神上的弦琴，發出清音時，可以將「煩憂」的歌聲壓倒。我已經好多天不曾入市上街了，街上那些商店的櫥窗，看來就好像是讀過好多次的舊報紙，是多麼的平凡而乏味呵。

在鄉間，愉快而平靜的就將一日度過了，好像掀過一頁奇妙的書，也許次頁更生動，等著你明天再讀。

槲寄生

適才我收到一封信，信中附了枚寸長的生鏽鐵釘，還附了半張箋紙，上面，以孩子們特有的一種工整而欹斜的字體寫著：

「寄上一枚釘子，用它將那盆槲寄生掛起來。」簽名的地方，是一張楓葉似的小手掌印子，此外什麼都沒有了。

這封奇異的來信，使我記起那一段山村中的奇遇，到目前為止，我依然弄不清那段經歷是真是幻。但是，這一封信分明捏在我的手裡，裡面還有鐵釘同小手印，這顯然是一個熱心腸、富詩意的女孩，以一隻溫暖的小手投入郵筒的，這一切，真實得不容懷疑；然而，如果說世界上當真有這麼一個女孩子，為什麼這麼久以來我竟無法探聽到她的姓名與來蹤去跡？……不巧得很，信封上那張藍色的郵票也遭雨水浸漬，以致模糊得辨別不出它寄發的地點……，唯一予人現實之感的，只是那註明月日的幾個字了，這說明它不是自另一個星球上寄來的……。

這該自我兩年前的生活說起，那時候，我在充滿了噪音的城市住得太久了，偶而萌發了一種念頭，我將城中那一幢多花木的小房子無條件的贈送給一個友人，自己只帶了簡單的行李，與那架朝夕伴我的舊鋼琴，來到一個倚山的村鎮。當我這「新來者」拿了身分證去到鎮上公所去登記戶口時，一位和藹的公所女職員，操著生澀的國語向我問著：

「先生，你的職業項目是空白，你到底是做什麼的？」

我是做什麼的？當真，我在這世界上的「貴幹」是什麼？我還從來不曾思索過這個問題呢，我只茫然的向她微笑著，一時竟答不出來。她微帶點譏諷意味的再度追問我：

「那麼，你靠了什麼生活呢？」

「這只有說，靠了那架舊鋼琴吧……。」我怯怯的說，我曾經教過幾個學生彈琴，但那也是好久以前的事了。

旁邊一位男職員說：

「那麼你是一個音樂家？」

「好吧，就算我是吧。」我面紅過耳，看到那位小姐在職業項目填了那樣的三個字。當我走出那公所簡陋的木板門，我聽到他們在我身後低語：

「他是××省人，……從那極冷極遠的地方來的，……這個音樂家，……他要到這裡做些什麼呢？」

這小村鎮的人口不多，一個陌生的面孔，很容易引起那些純樸的居民們注意，我的遷來，好像給他們讀得爛熟的生活舊課本上，加了一幅新的插圖，每天我走來走去、汲水、購物或散步時，總有許多充滿善意與好奇的眼睛打量著我，我意識到我已成了這地方「趣味」的中心——一個來自一年中有「半年」落雪的省分，靠了彈奏那神祕的黑盒子——鋼琴——為生的人，他們看到我的身影，大約比我們見到了一隻企鵝還有趣，我外出時身後常有小小的行列跟隨著。漸漸的，我對這些也習慣了。

我的住處是以一百元的代價租來的兩間低矮的木板屋，這原是鄉下人用以儲藏米穀的所在，有一道槿樹編成的籬笆和他們的住室隔開，自那綠色的籬牆中間開了一個窄小的門。兩間屋子，一間用來做我的書房，我那架古老的鋼琴，便放置在臨街的窗邊，為了在陰暗的天氣憑藉了窗外射來的微光，我也可以辨清琴譜上的音符。這一面窗子上的玻璃已沒有了，有幾個格子上釘著三合板，最下面的幾個格子，為了透光，我改糊了薄而透明的油紙。但我常常發現那油紙上破了洞，重糊好了又破了，我起初以為是鄰家那隻黑貓穿進穿出的緣故。

有一天我正在琴上試按我那支新度的曲子「秋晚」，無意中一回頭，窗紙的破洞處，鑲著兩隻黑黝黝的眼睛，燦亮、美麗、帶著笑意的孩子的眼睛，我匆匆推戶，那個小把戲躲藏不及，只倚著屋前那株羅漢松，又畏葸又興奮的抿著紅潤的嘴脣笑著。我這時才看清楚她著了一件褪色的舊童軍制服，那條草黃的裙子，短不及膝，頭上沒有帽子，只是一望蓬亂的、未經梳理過的濃多黑髮，她大約有十五六歲，一臉的可愛稚氣。她為什麼來窺視我呢，這個大膽頑皮的孩子，她之看我，也是懷了此間鄉民一般的心理嗎？我覺著這件事滿滑稽的，我問她：

「你什麼事找我嗎？」

「我只是來看看，沒有什麼事。」她有幾分膽怯，但說完了卻忍不住掩口而笑，她的兩隻秀美而微帶憂鬱意味的眼睛，不停的打量著我，「我覺得……。」她又笑了。

我問她：

「你覺得什麼？」

「我覺得……你不像是從那日最寒冷的地方來的……，你的衣服，你的長相都和我們一樣……，你不像你那個地方的人……。」

我忍不住笑了：

「怎麼，你覺得我一定要和電影上的埃斯基摩人一樣嗎？或者，至少像那冰島探險的人一樣,頭上得有一頂大皮帽子?……這次你知道了,我們都是一個國度裡的人,我們都是一樣的。」

她微微愧赧的頷首:

「你天天做些什麼呢?」

「每天我在琴上彈奏或在紙上書寫……。」

「彈寫些什麼?」

「也許可以說是心靈的聲音吧。」我靜靜的回答著她。

「哦……,那聲音大概總是很好聽的吧?」

「有時候那或許是很愉快的,有時卻是很悲哀很沉痛的……,如今,我只是在學習,只能表現我個人的心聲,如果有一天能表現出許多人的……,甚至全人類的心靈的聲音,我就滿足了……,但這也許是一個永遠無法實現的夢呢。」

「……」她怔怔的望著我。

「也許,你還不大懂我說的這些……,我們不要談這個了,多沒味……，我們談談別的吧，你是這村上的人嗎？小姑娘！」

「不是。」

「你和誰在一起？」

「和我的老祖母，她整天給人家洗衣服，她洗了很多年了，給人家洗熨得又白又平，但是她的兩隻手卻變得更粗糙，皺紋也更多了。」她垂下了頭，似乎發出一聲輕微的嘆息：「她很愛我，常常為我買一些好看的東西，今年我過生日，她送給我一件很漂亮的藍裙子，但我穿著卻太長了……要等到明年才能穿……。」

「你真是幸福的，有一個好祖母，她又是那樣的愛你……」

「也許可以那樣說吧，但是，我卻以為被人家愛絕沒有那愛人的幸福。」那晶亮的黑眼睛裡，燃燒起烈焰：「我寧願去愛人，卻不願人家來愛我……。」

她那透著過分智慧的言語使我驚異。

「小姑娘你懂得真多。」

她的面孔紅漲了：

「譬如現在……。」

「說下去，現在什麼？」

「現在……我就在愛著……。」她轉身跑去了，在前面那一片叢密的樹木裡消失了蹤影。

我回到屋子裡，燃著我在城中買來的那盞中號的煤油燈，燈光在壁上為我畫出了巨大的黑影，我突然感到自己是如此孤獨。當我有心無緒的在那張白木桌上用完簡單的晚餐，我的屋門突然開了，那兩顆美麗而憂鬱的黑眼睛，又在向我閃爍，她在低聲的說：

「外面太黑了……，我要回家……，如果你願意陪我回去……。」

「我正要出去散步呢。」說著，我順手拿起一個朋友寄來的兩匣梅子：「這個帶給你那位好祖母吧。」

我們走了出來，山坡上，人家屋窗的燈光閃爍，遠望好像是一片繁星，暗藍的天空上浮動著透明的銀亮雲彩，這說明快到月出的時候了，田野裡的青草正高，走上去是溼淥淥的，大約因為昨天的雨水未乾的緣故，一些不知名的花朵，送來淡淡的芳香，我以為是走著夢中的道路。那孩子一直在我的面前跑著，微風吹動她那卡其布的童軍衣裙，她一聲也不響，引我走過了一片原野，又是一片原野，攀登了一座小山頭，又是一座小山頭。最後，我真有幾分疲倦了，我問著她：

「還不曾到你的家嗎？」

「在這裡！」她順手指著一間山邊小屋，那是一間孤零零的小屋，四無鄰舍，也沒有燈光，窗內門邊更不見一個人影。我低聲的說：

「你的老祖母呢？」

「她也許已經睡了，老人家常常是睡得最早的。把那兩盒梅子給我吧。」她說著，又以那雙憂鬱的眼睛望著我：

「謝謝你，彈琴的先生，晚安。」

「晚安！」我走過那一片高高的棘草，順著山坡走下去，我無意中一回首，我看到一個小小的身影自那孤零的小屋前閃了出來，向著屋後輕捷而迅速的溜走了。……我覺得這真是一個謎，那間小屋並不是她的家！

幾天不曾看見她，一種莫名的哀愁籠罩住我，我冒著霏霏的細雨去尋她，但我實在也不知道能在什麼地方尋到她。走過了那微漲的小河上一道顫微微的木橋，我來到了那日曾走過的山邊，走到半山腰時，我看到一株古樹的下面，有一堆白色的灰塵，一半為雨水浸溼，有兩根粗大的木枝交叉成一個架子，上面掛了一只烤煮食物的鐵罐，一塊童軍的藍白相間的領巾，在樹上晾著，迎風飄飛，此外更沒有其他的東西，我拿下了那塊領巾，我想一定是她洗濯過忘記了收走……，我又在附近逡巡了半晌，我發現有方丈之地雖也為雨水浸淋，但是較為乾爽，旁邊有支過帳篷的痕跡，這證明那個孩子「拔營」而去並無多久……。一個揀柴的鄉婦走過，我向她詢問著：

「你知道一個穿草黃色衣裳的小姑娘嗎，她現在到那兒去了？」

「呵……」那個婦人掠掠鬢髮，捫著額頭，盡力的思索著，半晌，她抬起頭來：

「呵，好像是有一個那樣的女孩，就住在這樹林子裡的帳篷裡，很奇怪的一個孩子……，今天早晨她走了，有人在山那邊碰見她，揹著一捲小行李……。」

「那麼，她一時大概不會回來了吧，……聽說她有個老祖母，那老太太住在什麼地方呢？」我仍未放棄再見到她的希望。

「天知道她有什麼祖母……。」那個婦人不耐煩的走了，將我一個人留在那裡，……雨仍然在落著，雨滴自那木枝上滲落，敲打著那個空空的鐵罐嘀嘀有聲，我默默的站在那裡，不知過了多久……。末了我解下了那個鐵罐，拿了回來，至少由這兩件簡單的東西——鐵罐同那領巾，我還可以回憶起那一雙憂鬱的黑眼睛……。

我回到住處，屋門半掩著，大約有什麼人來過了，我匆匆入室，見到窗檻上放著一盆枝葉茂盛的紫綠色槲寄生。盆底下壓著一張方方的小紙，上面寫著：

我為了尋求「奇遇」，才來到林中，遇到你，是我的幸運，我體驗了一種崇高而純潔的感情。但是，我又走了，你知道我要愛人，卻不願被人所愛。當你還不曾顯明的了解我的感情時，我走了。你也許會氣憤，但你仔細思索一下就會笑了。送給你一盆槲寄生，勤於澆水，它會生活得很久，只缺少一枚釘，便可以將它掛在牆上了。我以後會寄給你的。

如今，我收到了這封奇異的信同一枚生鏽的小釘，我知道這是誰寄來的，捏弄著那枚釘子，我流下了眼淚，我辜負了那一顆小小的純真的心靈：那一盆紫綠的槲寄生，已因我的疏忽而枯死多時了，我只有用這枚釘將林中那矮小的影子牢釘在記憶中吧。

曼陀蘿

暮色漸漸的深了，她撚亮了那盞綠色的小燈，在紙上寫了下去，她不知道她會寫出些什麼樣的字句，也不知道寫完後寄到何處。只匆遽的寫了下去，記錄著她心靈的聲音：

黃昏已悄悄的來了，窗玻璃上熾燃著的夕陽燎火，已漸漸的黯淡下去了，我適才闔上了那本貼詩的簿子，向天邊凝望。我在尋覓著銀河岸上那兩顆星子，但是，天上是灰濛濛的，還不到星光閃現的時候，我的記憶裡，又迴旋著那一片歌聲了：

當年是誰將愛情深種，

銀河畔出現了兩顆美麗的大星。
它們無語的悄然凝注，
眸子裡閃爍著淚珠晶瑩。

是十年前的黃昏吧，你曾為我這首小詩譜了曲子，並以你那嘹亮的聲音，將它唱了出來，……如今，也是同樣淺紫色的黃昏，但季節已是深秋，這裡，我獨坐窗前，拾取著昔日的落葉，呵，我的心靈深處，又似聽到那颯颯西風，起自古城的湖畔，湖畔的樹下，搖曳著那朵漸萎的曼陀蘿……，逐漸加深的暮色，將它溶化其中，再也無人能尋到它了。

我轉過頭來，仰天向著風、向著雲問訊：你在何處？一切都保持緘默……。我低下頭，燈輝裡，只有我自己的影子，再一度，我向著天隈，作著徒然的呼喚……，願偶而飛過的雁鵝，將這聲音帶到遙遠的地方……。

我們宛如兩片落葉，在風雨中互相失落，但是，心靈卻如兩顆晨星，在朦朧的天空，閃現著蒼白的光芒，互相追尋……。我不相信你會忘記了我，正如我之不會忘記了你……。

古城中四年的學校生活，在我的回憶中閃現著一片曉光的淡藍，呵，那如琉璃草的花朵一般的顏色呵，是自你每日一頁的詩箋上閃現出來的。你曾以你富麗的、詩人的想像，將我平凡的影子描入那一片明藍的天光，以讚美的詩句，編成了花冠，獻給你幻想附著的「人間的女兒」。

在學校的湖濱，我們曾有過多少次的漫步清談，瀲灩的湖水呵，那記憶的證人！我更記得湖岸上的老柳，在鷓鴣鳥的鳴喚裡，它那垂垂枝條，翠綠得都要化成煙了，更動人的，是太陽落時，碧玉盤一般的湖面，迎著落照，變化成一面閃光的古銅鏡，上面映出了遠處沉默的鼓樓背影，沿著湖岸走去，便是一片田野了，點綴著小河同木橋，河岸的近邊，更有著野花同鄉人種植的蔬菜，我再掀開了記憶卷帙的另一頁，我又讀到了那首我們合寫的小詩：

這裡是印過我們履痕的小草，
它曾窺見過我們的微笑，
它上面曾落上過我們修長的影子，
在一個夕陽欲下時。

走過這草地步履要輕，
仔細驚醒沉酣在草香裡的小蟲。
這愛低泣的小河，
誰知道它今天為什麼緘默？
也許沒有雲影投向河心，
它感到濃重的煩悶？

那邊是才放的花，新生的野菜
呆立著看我們徘徊，

它們的頭頸垂得低低——
為的是諦聽
我們的足音，還是
風的細語？

當晚歸的燕子啣來了暮色，
我們要帶著一身花香歸去，
臨行時不要忘了採摘，
含笑在樹蔭下的曼陀蘿！

我記得你擷下了樹蔭下那朵曼陀蘿，放在我的詩冊中，當我們歸去的時候，城樓上的一盞小燈，已經綻開了那一點鵝黃……，風吹得緊了，我展開了頭紗，綰住了我那蓬亂的長髮……。

一日日的在同一的路上徘徊，一日日重複著同樣的：「你早！」「再見！」我們誰也不曾吐露過那一個字，但我已感到那個字的神祕的力量……。我驚悸的自一個平靜的夢中醒來，才發現已臨情感的十字路口。我覺得我應該告訴你，在入學以前，我的家中曾為我訂過婚，欺騙愚弄兩顆誠摯的心靈，乃是我不忍為的。

在那暮色輕籠的湖畔，我囁嚅著告訴了你，出乎我的意料之外，你竟是那樣的平靜，但平靜的湖面，卻沉澱著深深的悲哀：

「那麼，處在這情境下，你是痛苦的，在情感上，你不應做個鐘擺，至於我呢，我更不願叫那個無辜的人為我而心靈流血。你專心的去愛他吧，我從此以後，將去研究神學，做個傳教士，當我有一天出現在聖壇上，也許你會帶了你的丈夫同兒女來聽我講道，我那天所講的題目，或者正是『不要掠奪人家的所愛』。那時，我們也許都已經很老了，但熟悉的語聲，使你認識出白髮黑衣的我，正是當年採了曼陀蘿花獻給你的人。你如果坐在前面的幾排座位上，我會看到你拿出帕子，悄悄拭淚，呵，這神聖的淚點，便是我的收穫了。我的講詞是淺顯明易人人能夠領會的，但是，其中深意，恐怕世界上只有你了解得最清楚……。」

那以後，你當真到×地去入神學院了，但你的心靈，仍未能忘情於我。但為了免得使你置身於更為痛苦的深淵，我只以沉默答覆了你每一封悱惻的長信。

那以後不久，一枚結婚的指環，輕輕綰住了我的生活，但五年後，我又復失去了一切，身邊只攜帶著更多的憂愁。

古城再度相遇你仍是孑然一身，你忠實於你的情感和記憶，慨然的要求分擔我的憂愁。一個寒冷的冬日黃昏，在城牆邊的積雪上踱步，你指著我頭上的灰紗：

「把它拿了下來吧，我每天仍可以陪你在過去的道路上徘徊，唱我們的歌，寫我們的詩，恢復我們學生時代的純潔而神聖的生活，如果你厭倦了現實生活中一些俗氣的節目，我對你更沒有奢求，只求當你寫詩的時候，允許我站在你身邊，看你展紙揮筆的影子，在我已是生命最高也最美的享受！」

但是，在寫作的道途上，我也許有意走著創新的路子，在現實的生活中，我只是一個背負著過去的女奴，我無力擺脫了它，我太軟弱，我太怯懦，我畢竟是個女人！何況我更有我的宗教信仰。

不久，我悄然的離開了古城，我只寄了一封短箋給你：

不管前途的雨雪風霜，我在自己的身影伴隨中，繼續我孤獨的行程！

又是幾年過去了，你過得還幸福嗎？我時時思念那苦寒的城中，那湖邊，那小河，那木橋，那樹蔭下一度含笑的小草花。

暮色更深了，夜已經來臨，我掀開舊日的詩冊，展看著當年你摘給我的曼陀蘿花，枯乾的花朵下面，正是我抄寫的英國桂冠詩人丁尼生的一句詩：

相愛過，又相失，總比沒有愛過的好。

呵，在這靜寂的秋夜，我只有以這詩句自慰了，我在這裡輕聲的讀著它，你，可曾聽到？

指環

指環是一種小巧的飾物，但它代表的意義，往往極其重大。

適間蘭蘭放學回來，伴著一聲歡呼，跳到我的面前，她微笑著向我翹起了一根小手指，上面套著一個發亮的圈圈兒：

「瞧，姆媽，我在小攤子上用一角錢抽彩抽得的。」

我拉住那隻小手仔細凝望，在那肥白的小手指上，閃爍著一個澄黃的銅圈圈，還嵌有一塊圓圓的小玻璃。我故意的逗弄她說：

「啊，你這是藍寶石的指環呵！」

「姆媽好傻，那是一個藍玻璃做的鈕釦啊！」她大笑著跑出了屋子，去向巷中的小同伴們炫耀她的「珍貴首飾」去了。

我自己幼年的時候，也是很喜愛這一類的小飾物的，記得那時住在鄉下，天氣晴暖，花開遍野的初夏季節，我常是跟著傭婦，手執用線襪做成的撲蟲網，繞過祠堂同那一片苧麻田來到野外。一邊撲蟲蝶，一邊採折些馬藺草的葉子編製小玩意兒。那個性情柔和雙手靈巧的老女傭，會用那狹長扁平如帶的草葉，編成各種物事——像青蛙、小草帽等等，但我最喜愛的，還是那草編的指環，鬆鬆的套在我那短短的無名指上，是那樣翠綠鮮潤，明麗可愛。舉起手來，還可嗅到那股青草的帶溼味的芳香！

後來我離家到古城讀書，年紀漸長，但仍然喜愛指環胸針這類的小東西，記得那時我正沉酣於象徵派的新詩，也就稚氣的處處喜歡「象徵」，一日在城西一家百貨店裡，買了兩枚化學製的戒指，一白色，一黑色，我自己稱那枚白色的為「象牙戒指」，另一枚為「黑玉戒指」。象牙戒指用以象徵純潔、質樸；至於那枚黑色的呢，我卻用它象徵自己那份憂鬱的性格。這兩枚戒指的神祕意義，只有我自己知道，每逢同學扳著我的手問我：為什麼帶這兩個「陰陽」戒指時，我只微笑不答，心中卻有幾分得意。

寫完了畢業論文，我計劃離開日偽鐵蹄下的古城，到遠方去開拓自己生活的天際線。在啟行前幾天，我在校刊上寫了一篇散文，告別師友，記得其中有幾句是：

「……那脫掉了白色手套的雙手，為陽光吻得黧黑，她喜歡這一雙手從此變得粗糙，為了可以有力操槳，向遠處航行。」那篇小文發表後，當天下午，有一個同班的朋友來女院會客室看我，他什麼話也不曾說，只留下了一篇短文同一枚指環。我展開他那幾張文稿，其中一些感人的句子，至今猶在我的記憶中盪漾：

聽到一個遠行的消息我淚下如雨，但我有什麼理由不要她走呢？我只有祝福那個勇敢的女孩子，同她那脫掉手套，變得粗糙的一雙手。這一枚指環，並不值幾元錢，但上面卻鐫刻著最寶貴的感情，這個，想她會知道。也許別人說這是電鍍的贋品，但它代表的是真實無偽的心靈。

我收下了那份文稿，卻退還了那枚電鍍的戒指。第二天黎明，我悄然登車，自古城過天津到開封，赴洛陽，然後轉往山城——那抗日戰爭時期祖國的心臟。

我縱身於大時代洶湧的波濤裡，認真的做著自己份內的工作，發散著純真靈魂中全部的光和熱，渾忘了其他。但這時卻有一個人來了，拿了一把皎白的山菊，同一枚金澄澄的指環。他將那枚指環套上了我的手指，我的生活遂又開始了一個新階段了。

那枚指環上是鐫刻著他的名字的，我在神前，曾發誓願：我要一直戴著它。婚後小別，那戒指面的兩個字上，曾灑上了我的熱淚，每個黃昏，我都要窗前伏案，為他寫一封長長的信去。不久他回來了，自異地帶來一枚更美麗的指環，上面嵌有一粒晶瑩的鑽石，他向我笑著：

「把那枚舊的戒指拿下來吧，那是金的，看起來多俗，我又為你買來一枚新的，戴上了它，你的手會顯得更加美麗。」

我發出了稚氣的歡笑，懷著感激，在他的熱吻下脫下了那枚舊戒指（那上面是鐫刻著他的名字的），他拿著它，放入衣袋中。

後來我才明白，這完全是一個戲劇化的場面，他帶著那枚戒指，悄悄的走了。從此我再也不曾看見他。

他為我套在手上的那枚鑲一顆小鑽石的戒指，如今仍然戴在我的指上，我曾想摘去它，連同那一份過去的回憶，但幾年來，生活艱苦，自操井臼，手指早已失去了當年的纖細，戒指緊緊的嵌在上面，再也無法脫下了。

我常是不敢凝望自己的那隻手，上面那一粒刺目的水鑽，像是一隻狡黠的眼睛，每分每秒，都提醒我那傷心的故事！我當真厭棄了這顆閃爍的小鑽石，這金質的環兒，我寧自戴上童年時老傭婦用馬藺草編的，那翠綠的小圈圈兒，甚至於那個同班朋友當年送我的，他自稱為「贗品」

的電鍍指環。但是，它們是和年光一同失去了。

一枚草編的戒指，或是一枚電鍍的贋品，只要上面圖繪著最真摯的情誼，誰又能說得出，它比鑽戒貴重多少倍呢？

月明中

一連幾夜，月色清明，月光流照著我屋上的竹瓦，也流照著故鄉早秋的田園。海隅望月，已經是圓缺過多少次了。

這海島的景色太美了，尤其在這月光的洗禮之下，飛鳥斂翼，蟬兒無聲，只有一道天上射來的月光，像一隻華麗的金船，在夜的柔波上悄然泛行。……古銅色的月亮自冬青樹後升得更高了，它漸漸的高了，小了，夜空在它的光影魔術下，變成一道溶溶漾漾的微明河水，水波中浮沉隱現著一顆明珠，這就是月亮自己，在以往我也不知背誦過多少次了，但直到今夕，我才明白那「月光如水水如天」的名句。

月下的島上，直如銀製的藝術品，燦美得不可逼視，但，儘管美得

可讚羨，故鄉月下，一片琉璃瓦上玲瓏的翠色，隨著祖先墓園的幽咽松聲，襲進我的心坎深處。

我再也不能凝注那神祕的明月了，為了我心中充滿了太多的悲思。轉身到書架旁，拿起了一本寫腓尼基的書，Reclus 作的，這記載那古國史事及地理環境的名著，大部分的篇頁，閃耀著人類的智慧，小部分，作者似是嗟嘆著以筆描出了人類愚蠢的陰影。其中，一方面是仁愛，是文明綻開的花朵，一方面是殘酷，是暴力鑄成的鍊條，那個狂妄的梅爾斯王，曾恃匹夫之勇，一時間統治著腓尼基本土，在他的鐵掌下，遍地是饑饉災荒，自由在他們的腳下面消滅了，藝術也在他的腳下面消滅了，終於，死亡收拾了他，至今他留下的，只是被歷史家認為近似野獸的愚蠢頭像。

但那燦爛的文化，又豈是梅爾斯的黑影遮障得住的？他的木乃伊空留在博物館的玻璃架內，而腓尼基人所留下的航海法與國際法的雛形，以及文字的拼音法，卻如星辰一般，在人類的天空，閃吐著光芒，常使人聯想到，當其國運隆盛時，那揚帆於印度洋、非洲、亞洲海岸的壯麗商船，以及那在翡翠色的海岸上，如珠顆一般點綴著的商市……它那矗立著一百三十四根高達二十三公尺的雕柱的大廳，猶似在寂靜中發出了光榮的回聲。

我的想像沿著字跡在書頁上鋪展，我似看到了腓尼基那美麗典雅的高山「黑船」，據 Reclus 的描寫是：它的斜坡高聳的向著東方，在鬱鬱的松林裡，到處顯露出純白色石灰岩的峭壁，如自遙遠處瞭望，好似雲霧籠罩，在丘陵廣闊平坦處，美好的村莊，躲藏在簇簇的碧葉中，在那神祕的向遠方山坡伸展的谿谷裡，人們聽到潺潺的水聲，布滿甲殼類動物的海濱，在波濤的擊撞下動蕩著，波濤上每日有銀霧輕籠……。

多麼美的敘寫，這古國似是在我的眼前重現了，是什麼將它的名字自地圖上輕輕的抹去？這本史書的作者給了我明確的回答了：「是因為他們極容易接受外族暴力的嚴厲壓迫。」

只有昂揚著生之意志，懷著自尊、自強，不容許外族暴力伸展於自己本土的民族，才能永遠屹立於世間，如同那純白優美的黑船山，如同那輝映山間的星月。

菁菁，為了我們中華民族的永生，我希望你不為個人而歡唱，當你寫出了壯麗的戰鬥詩篇，我的短笛願為你伴奏，在如水的月明之中。

愛琳的日記

一

命運中的打擊，一個接著一個來了，無論在任何方面，似乎都做了一個冷酷的結論，這真是生命的秋天，愛死去了，恨也死去了，憂傷也死去了，我站在階前，一陣西風，帶來了一陣凜寒，我覺得自己是一株樹，落盡了最後的一片葉子，如今，只那一株泛著碧玉顏色的樹幹，向著藍色的漠漠的遙天，天邊的雁影，也是如此的稀疏了。

樹在冷風裡要倒下去嗎？不，在這淒寒中，在這孤寂中，我卻感到

格外蓬勃的生機，如一股暖流，自我那深埋在土中的根株升騰、激盪、流溢，直到充滿了這孤露在地層上的枝幹。我又彷彿聽到了春天的呼喚，它的腳步聲，似乎很遠，卻又似乎很近了。

二

我絞死了哀愁，扼殺了憂傷，替代了以前總愛放在口邊筆端的「我」，如今以「你」來代替了，以「他」和「她」來代替了，呵，能夠忘掉了自我，拋棄了自我，一個人即使不能找到快樂的本身，卻已接近它的源泉。

我曾盼望著朝霞永遠照臨著我的窗，玫瑰經年向我微笑，我曾怕那漆黑的暗夜，冰冷的霜雪包裹了我。呵，可憐的人，你愛的是朝霞嗎？你愛的是玫瑰嗎？你只是怕朝霞飄走，玫瑰凋謝，而「自我」將由寂寞伴隨。你怕的是暗夜嗎？是冰冷的霜雪嗎？你只是怕「自我」處在黑暗與凜寒之中。如果把「自我」完全忘卻，則又有什麼可憂懼的呢，如果不再顧慮到自己，而處處想到「你」想到「他」或「她」，這便是一個聖人與一個凡人間的區別了。

狹小的心呵，為什麼緊緊的關閉起門窗，只容自我的暗影徘徊其中呢？開放了它，使外界的一切雲影與陽光進來，使人類的影子走了進來，則幽暗的心中，不復是一片陰鬱的峽谷，而是一片洋溢著光與美的園子了。

三

告別了淒暗的過去，我遙望著春天的遠景，在一片寂寞中，我立刻似聽到黃鸝的鳴唱了。

愛與歡樂，只是影與塵灰，讓我在這人生的日午矚目一些其他的事吧，世界是太大了，該做的事情是太多了，我不再守在一片樹影裡沉思，我願跨在一匹馬上，歡愉的馳騁於漠漠的原野，在清脆鞭響鈴聲，與得得的馬蹄聲中，我越過了人生的一個驛站又一個驛站，當到達那遙遠的路途終點時，我看見一彎眉月，出現在天邊，好似古時的號角，我停馬佇立，耳邊是一片清越的江流淙淙，多麼優美的境界，我終竟尋到了，回顧來時的道路，只是一片煙籠霧罩的榛莽，呵，如果我停留在那兒，我將永在榛莽中徘徊，而看不到這白月朗照，大江湧流的如畫景色了。

四

站在路旁的松樹，我又看到你向我微笑了，掛在山上的雲，依在草上的花呵，向了你們，我皆投以含淚的微笑，我深深的感覺到你們的親切與美麗。

在那一山路上我蹣跚著，我曾把我的愛與信心、真誠分給了那些人，但是，我並未得回來相等的回贈。當鴿兒自我的手上啄食穀粒後，牠還轉動著圓圓的眼球，向我發出充滿了感謝的「咕咕」之聲，而那些人呢，自我這兒得到了愛心、信託與真誠，卻沉默的走開了，連個聲音與微笑都沒有，這些人有的是我的家人，有的是我的親友……，但我應該怨嗟嗎？不，我想，也許是我給予的還不夠，代替了怨尤，我將喚回他她們來，給予更多的，直到有一天，他她們冷漠的眼神中，也漾起了感謝的神情。

給予比接受更有福，神呵，讓我做個有福的人吧，給我機會，給我勇氣。以我自己做榜樣、平和、寧靜、無怨、無嗔，像那路邊的松樹，山頂的白雲，依草的花片一般，在生存的一剎那，展現出詩與真來。讓我和那樹那花一齊歌唱吧：

「活著，畢竟是可讚美的。」

一卷詩

菁菁：

我最近讀到了一卷詩，作者並非有名的詩人，但他的詩句確稱得起清醇而雅麗，開卷即覺有一種朦朧的色調，與幽靜而神祕的氣氛。

寫詩，是一種靈智的活動，全憑那一刹那的靈感，全憑那現實中的一草、一木、一個人影，或一朵流雲與詩人的精神的觸發。外來的一股藍風，吹得詩人心中那根細韌的弦索，瑟瑟而動，發生了美妙的樂音。由這本詩集作者的後記中，我們知道他曾做過傘兵，後因病才轉移了工作的崗位，由於工作上的關係，他曾上窮碧落，馳騁其幻想，尋找過詩材，後來更是屐痕處處，在深林密菁之中，掇拾佳句，他的心靈遂得以

天上的白雲為翼，地上的香草為佩，所以詩寫得靜中有美，美中有真。

由這位詩人筆端的自述，見出他年事尚輕，但他曾書囿埋首，研讀過不少的古今典籍，而對人生這部大書，他掀過的篇頁並不多，他的心頭，因而保持了那片可喜的空白與純潔，在詩中遂形成了那份素樸與醇正。詩神放在他手中的那枝蘆笛，並未飛落上太多的俗世塵埃，故仍能保持其玲瓏透剔，在人生的冬天，吹出了使敗草轉綠的歌唱。

他的詩句，確是充滿了清寂之美的，如在〈戀人的悲歌〉一首中：

如今只有夜鶯在枝頭低唱，
美麗的約言已隨月光消沉。

如〈主宰〉中：

飄旋不定的心，

飄流不定的靈魂，
幾時呵才能安靜，
幾時呵才能泊岸？

如〈燕〉一首中：

推開樓窗，我默默的向遠天凝望，
幻想著一點黑色帆影，來自迢遙的南方。

也極可見出他想像力的豐盈，以「一點黑色的帆影」來象徵歸燕，這個隱喻(metaphor)用得可謂工妙。

還有我最喜讀的是那首〈寂靜〉，其中一個段落，我為你抄寫於下：

寂寞落上我的心，

如同雪花覆上那黑色的松林，
如同春風搖曳過那芳香的籬樹，
如同絲雨落上那遼闊的禾場，
帶著無限的溫闊與清涼，
更像輕柔的輕柔的
愛撫著壁上人影的綠色燈光。

這一個段落中，有極美的幻想與旋律。

在這部詩集中，抒情的歌唱較多，也是集子中較精粹的部分。雖然在這部詩集的篇頁中，在那些繁花似的優美詞藻下，我們仍發現一些青澀的果子，但這不過只是一開端，我們預期這位無名然而有才的詩人的作品，將有他豐收的金黃色的秋天。

菁菁，你近來還寫詩嗎？不要棄絕了詩神，她會美化你的心靈，且美化你的生活。

寄瑪蒂璡

前記：

歐文 (W. Irving) 是美國的名散文作家，生於一七八三年，歿於一八五九年，他的愛妻瑪蒂璡於十八歲時逝世，他對她一往情深，終生不再續娶，此文係作者參酌他的散文集，並借助於想像寫成的，文題亦可名為「代寫的情書」，當中有引號處，引用的乃是歐文作品中的原句。

親愛的瑪蒂璡：

此刻我是航行在海上，一種鹹而溼的海洋氣息籠罩著我，獨立船頭，望著那一道清晰的水平線，我感到茫然也感到空虛，我本是久久以來便希望沉酣在大海的胸前，在那兒安置我的幻想，但我這大地之子呵，到了海上我更深深的渴慕著陸地的邊緣了，在那兒，有一個地方，薊草高高的擎著它紫色的皇冠，雛菊花茂密得如同星點，有一片白色的微雲飄忽其中，那便是你白麻布的衣衫，我真願再回到你的面前，即使我們住在一個草棚子裡，也勝過我孤獨的居住於華麗的宮殿，讓平凡的花草垂覆著我們的屋簷，讓馴熟的白鴿在我的手上啄食，在你的肩頭小立，我要聽你邊唱著山歌邊採取著草莓子，我要獻給你我自海上蒐集來的蚌殼，讓它在平靜中向我們訴說風濤的消息。

我希望海上的航程不久即告終結，我又回到你的面前，你放下了你的豎琴向我高喊著：

「你來了我真高興，我幾次的盼望著你，又跑到那草地上去迎你，我在房後一株美麗的樹下，擺出了一張桌子，我又採了許多新鮮的草莓子，我知道那是你喜歡吃的，我們也有頂鮮美的牛奶——這裡一切是如此的甜美幽靜。」你說著伸展兩臂向我迎來，燦然的微笑著凝望著我的臉：「呵，我們是如此的快樂！[*1]」

這不是一個幻夢呵，生命會給我們這樣一種快樂，因為它已透過了你微笑允許了我，親愛的瑪蒂璡，甜蜜的孩子，春天快回來了，大地上將開滿了可愛的小花朵，但有一種比雛菊更可愛，那便是你的純真的心靈。

可愛的瑪蒂璡，你是個真正的天使，在你的手中執了一本書卷，書頁上寫滿了兩個字——真誠，當我在船頭眺望的時候，你的影子常像金雲似的升了起來，照耀得我的身影也閃發著光燦，呵，我是多麼的思念你，你永不理解你說的話多甜美，你不理會你的姿態多動人，這一種「不自覺」的美，正是你最可愛的地方。

當我出發航行時，你正在小病，我希望疾病不會侵蝕了你生命的健康，但你最近的信上為什麼充滿了傷痛？親愛的妻，說句悲觀的話，上

1 此引號中的一段，乃引自歐文的一篇散文〈妻〉。

帝果真要召去了祂所最寵愛的人，也請你放心，我將以心靈為碑碣，上面永遠的鐫刻著對你的思念與堅貞，雖然我仍在壯年，但我永不會再去尋覓另一個人的情感了，因為我在你的心靈深處，已遇到最美好的愛，世界上的一切，因了這種愛的照耀而形璀璨，我的一生將永遠生活在它的光影裡而感到慰藉。我的忠誠誓願希望也邀到造物的垂聽，而仁慈的護持你生命的枝柯永不萎凋。

在船艙的燈光下，我寫這封信給你，船窗外傳來了汩汩的大海的微語，我的心中充滿了對愛情的渴望，而如一片大張著的風帆，等待著一陣迅疾的風，將我帶到你的身旁……。

宛青的信

一

前天你託人帶來的一束劍蘭已經收到了，那皎潔的花朵，給了我無限的喜悅。但我更喜愛你上月摘來的幾枝蘆葦，不知為什麼，對這種植物，我懷有一種偏愛，我不知是否受了W．華茨華絲一句詩的影響：

人如同會呼吸的蘆葦。

我總覺蘆葦比一些的樹、花都更有一種瀟灑之致，秋來後的原野，點綴著一片白色的蘆花，遠看如同一朵朵飛舞的白雲，而為蘆葦環繞的澄明湖水，更是絕妙的畫題，折幾枝蘆葦，插放在硃砂古瓶裡，尤其是我最喜愛的室內裝飾品，你該記得我在〈尋夢草〉中所寫的一個段落吧：

隔著那玻璃樓窗，我看到房中已經燃亮了法國宮廷式的玻璃燈盞，通明如一泓秋水，放散著淡淡的清光，輝映出四壁的山水巨幅，臨窗一張精緻的烏木長凳，擺了一隻著光彩瀲灩的朱砂瓶，裡面插著幾枝白頭的蘆花，似乎在輕輕散搖著盎然的秋意。

由這一段，你可以知道我對於蘆葦，尤其是那絮白的蘆花，是多麼的喜愛了。

開始愛蘆葦，已經是十多年前的事了，那時候，我正讀書於古城，學校的前後面，有兩片澄澈的湖水，校前的湖岸上皆是楊柳，秋天一到，落葉滿堤，是我散步常到的地方；校後那片湖水，則完全為蘆葦環繞，我從未見過那麼美麗叢密的蘆葦，但是，儘管生得茂密，卻仍然是參差有致，不失那種臨風昂揚的秀逸。夏天，湖水顏色變做深綠，反映著一片葦葉，更覺蒼翠得可愛，我幾乎每天都去那兒流連一些時候，對著那片湖水讀詩、做夢。我曾說那片湖水，有如一隻綠色環珥的杯子，盛著滋潤人心靈的美酒。最動人是夕陽臨照下的湖上，天色將晚，遊人更少，蘆葦也似乎低頭微睡，湖上是一片可愛的靜，只不時有一兩隻水鳥展翅而過，瞬即消失了蹤影，好像心頭的幻想。湖水在夕陽下也似乎醉了，顯得那麼幽麗、奇美。澄明的水上，反映出夕陽的綺麗，像是充滿了回憶的心靈。坐在湖邊的大石上，我諦聽著遠處鷓鴣的呼喚，手中的詩卷，與眼前的景色，似乎滲融為一了，而在暮色籠罩的湖上，似乎連我自己都消失了，我像是變成了一片白色的羽毛，在湖上忽高忽低的飄著、飄著，最後，羽毛落在那一叢蘆葦上，幻化為一朵白色的蘆花。

關於這湖畔的蘆花，後來我在文字中曾提到兩次，都見於我寫的那本小書《牧羊女》中：

幾年前，我自山城回到故鄉，卜居於一個水木明瑟的湖畔，衰草離離，雲淡如煙，隔了一片清淺的水，黎明的鷓鴣聽來也似有幾分幽咽了。秋色漸深，風裡輕搖的蘆葦，帶雨苦吟的殘荷，更顯出一種繚亂的嫵媚，黃昏時候，我喜歡沿著那一道靜靜的長堤散步，閃爍在我面前的，永是那一幅晚雲夕照，也許只有「落日滿秋山」的句子，略可象徵我當時的心情。

每天薄暮，繞道那寂靜淒美的湖畔自母校歸來，隨手總愛折幾枝白花的蘆葦。

但在這篇文字中，描寫的卻是我離校後幾年，重返古城時的生活，當年洋溢在我心中的少年幻夢。詩意已消失殆盡，而我是以另一種心情來欣賞湖畔風光了，在文字中，你可以呼吸到一種不同的氣息的。

秋天又來了，島上各地水濱，也常有蘆葦生長，過幾天我決定再出去旅行一次，找一片有湖水有蘆葦的地方，將那秀美的植物，移到我的心中來。

在今天這一封信裡，我只向你描寫我最愛的一種植物，下一次，我再向你談及其他，希望你在這裡面雖不能發現詩，卻能見到詩的影子。

二

愛友：

上次的短簡，不知你收到了沒有，我真恐怕它會錯過了郵班呢，今天正逢上休假的日子，我著了晨衣坐在走廊上，我想到了遠方的你，在一片陽光裡我展開箋紙，寫出我要向你吐訴的言語。

這幾日春天真來了，我昨天在日記曾寫了這樣的幾句：「本來島上是四季如春的，而今年，春節之後，風雨僝僽，生生把乘興而來的春天阻攔了回去，但經過太陽幾天來熱情的呼召，又重新喚回了那步履遲遲的春。在澄黃的日影下，淡藍的微風裡，我偶而檢視那插種已久，猶未抽芽的紫荊，我擘折了那枝子的一端，我多麼驚喜呵——折斷之處，顯露出一層那麼可愛的鮮碧，自那裡且有芳香的樹汁流了出來——這確切的說明了春的到來，且更預言著花繁葉滿的日子。」在這一段日記中，吾友，你可以看出我的心靈，已隨了春風復甦。冰結的大地已開始微笑了，我心中的憂鬱，也開始消融。

想你那裡的天氣更和暖，微風更輕柔，同時，在此信到達時，想已群花迸發，千萬朵微笑，來自千萬個枝頭，當陽光燦美的清晨，我希望你走出斗室，到林間去閒步一番，去的時候，我更盼你能帶著那本可愛的小書《鳥與獸》，哈德生寫的。書中包括了六篇散文，由這些篇文章的題目，你可以窺出內容的一斑了，那六篇是：〈動物的友誼〉、〈紅冠雀〉、〈鄰人的鳥的故事〉、〈瑪利的小綿羊〉、〈知更雀巢裡的布穀〉、〈在威爾斯的林鳥〉，六篇中有五篇是談到禽鳥的，由於這書的作者的推薦，你可以更能領略那些林中小歌手的藝術。

哈德生，這大自然的密友，禽鳥們的知音，是英國人，極富詩人的氣質，熱愛著大自然同小生物，他的朋友們曾如是描寫他：「戶外才是他的世界，他深愛郊野的生活」、「殘酷的世界將哈德生關在倫敦的籠中，幸而世界雖忽略了這樣一個稀奇的人，它卻抑制不住他的歌唱」。他的歌唱，便是那篇篇晶瑩的散文，那是對自然之母的頌歌。

哈德生，這大自然的愛者，生就一副活潑寧靜的性格，由他的文字中，更可見出他那高雅的心性與情操。他的文字是那樣的輕盈、自然、簡潔，充滿了林中的溫馨及大地的芬芳。雖然皆以小鳥小獸為主題，字裡行間，卻滲透了同情、愛心。句逗間透出了森林中的音樂，鋪滿了燦爛的陽光同纖柔的陰影，並且，筆法又是那樣灑脫，沒有一點矯揉造作的痕跡，他的文字自然得像什麼呢，猶如輕風在吹息，溪水在緩流。

在這春回的季節，研讀哈德生的作品，我以為最合適也沒有了，因為那清麗的詞句、婉美的情調，不像是筆墨寫成的，而像是大自然的一部分，不相信嗎？我在此為你背誦一段：

……我被帶回到綠色的大平原上，我的遼遠的家中去了，冬季這樣過去了，燕子回來，桃樹又開了花，接著是漫長乾熱的夏季，以後是秋季，美麗的三月、四月和五月三個月，這時太陽是柔和的，我們坐在樹間，整日享受成熟的桃子，……紅冠雀是我的了，我拉開了覆罩籠子的圍巾，又看到那美麗的鳥……。

白天裡，他（紅冠雀）的籠子掛在陽臺外的葡萄藤下，在那裡，溫暖芳香的風吹著我，太陽從透明的葡萄葉向下照耀，因為過度的快樂使我發了狂，……在這以後，我又聽過成百成千的歌唱的紅冠雀，但從沒有聽到過一個有這樣熱情而持久的歌。

這兩段文字，完全是以最通俗最平常的文字寫成的，即是多麼的清美，也許只有搖曳你窗外的一枝新綠可以比擬吧？

吾友，我希望你能找到那本書，靜靜的坐在織著陰影圖案的林間，你一邊讀書，一邊好似聽到了大自然的耳語。同時，你會感到一種向所未有的快樂，自林間向你的心靈輻射，自那一刻起，你會發現，大自然的小樂器——鳥兒口中的笙簧，是多麼的奇妙而動聽，那你將是鳥兒的知音，也是哈德生的知音了。

為了趕郵班，這封信就匆匆的在這裡結束，路遠，沒有什麼可以寄你，只寄上一根綠枝，帶去寶島的春天。

三

室楹空靜，我獨坐窗前，寫信給你，一訴心曲。階前的小草，此刻在日影下，宛如淡煙，籬邊的白玫瑰也在展放了。大自然是可感激的，連我這小小的院宇都不曾忘卻，未到三月半，每一個角落，都充滿了春神的腳印。

我起立傾聽，一片岑寂，擾攘的人生，難得這片刻的靜謐，這寂靜的光陰，一分一秒在我都是可感謝的祝福。我以心靈為杯盞，將它全部承接。多少時候以來，我為現實中的瑣屑所苦，我對生活的要求，一減再減，最後，折餘扣淨，只剩了一點微渺的要求——我只要求片刻的寧靜——全然的寧靜，再沒有什麼可怕的夢影與噪音來擾亂我的心曲，我可以從容諦聽我自己的心靈的聲音，修復一下精神上的創傷，完成了我自己的一支歌。

說來增人嘆息，我本來是一個相當庸俗的人，理想、成就、舒適的生活，原都是我畫夢冊中目錄的一部分，但事實上，只是空空的目錄單而已，沒有一項是可能的。末了，我抬起了頭，我看到那個吝嗇的主人——現實的冷面孔。我只向它要求一種東西了——靜謐——一種屬於心靈的享受。啊，我多麼希望暫時抽身出來，離開了廚下那些叮噹作響的鍋鏟，不復望看爐煙及釜底的雞蛋發呆，而苦吟著唐人小詩：「大漠孤煙直，長河落日圓」來自慰；我多希望推開那些水、電、房租的帳單；我多希望不再聽到病兒的呻吟，而在一片靜謐的藍空下，獨自來往，空氣中飄動著草木的芳香，更無半點廚房的煙火氣與病房的藥水味，啊，這可祝福的一刻終於到來了，今天我幸運的拾取到片刻的清閒，享受剎那的寧靜，命運之神在悄然向我微笑了，雖然這笑容也是瞬間就要消失的，但是，吾友，在我已感到極大的幸福。

一些生活閒適，為歡笑與快樂浸透了的人，不會了解我的這份心情，不會了解一個疲憊的心靈的呼求：片刻的寧靜！在這剎時，我那停滯已久的思想小河，緩緩的再度在我的心上滑流，沖去生活上面留下的泥沙，而使它恢復了明淨。

吾友，此刻陽光滿院，微風過戶，我俯望著窗前的小草，低呼著它的名字向它問候，我向著窗前的白玫瑰凝眸，它在微笑向我道晨安呢，啊，它的微笑也引起了我的，吾友，我不再苦惱了，當真，我苦惱什麼呢，我等待什麼呢，我的心靈的杯盞，已承受了那自然的贈予，承受了寧靜帶來的甘美，我坐在陽光下寫這封信給你，靜謐浸透了我，如一枝熄滅了的白燭，幸福之感也浸透了我，我的心靈，有如那朵白色的玫瑰，它無聲的微笑著，微笑著……。

四

吾友：

前一封信曾向你提到島上的春天，但我覺得那疏疏的幾筆，實在描繪不出這已濃到十分的春意，前天早晨，諦聽著窗外鷓鴣鳥的啼喚，我曾寫了一首短詩：

鷓鴣鳥，你林中的新來者，你吐著美妙的歌音，當四月天的黎明，
開啟了多少幽閉的百葉窗，冬天留下的夢影，乃化作殘星飛去。

我已拂去心琴上的輕塵，彈出了你枝上來的第一個聲音，響亮而又不分明；有力而又柔和，像牧女初搖她的鈴子，迎春花乃綴滿了大地。呵，那聲音是多麼甘美而又羞澀，重奏起我童年時田園的音樂。在那多苔痕的井欄邊，一聲聲像是透明的亮藍水珠飛迸，又如清晨大陽的火炬，照耀著那新綠的柳林。一陣神醪似的綿密的歌聲像是微雨，向了靈魂的玉杯緩滴淺斟，一聲聲你殷勤的勸飲，持杯者都在微笑：生活是多麼瑰奇，多麼歡欣。

吾友，在這首小詩裡，你可以發現我的靈魂完全沉酣在春天的聲音中了，我擺脫了憂鬱，而感到無限的快樂。昨天午後，我曾走出那間小小的書屋，沿著那條小河向前走去，我自己也不知道要走到哪裡去，想起一位波斯詩人莪默加亞穆的名句：「不知何處來，何故來；何處往，何故往。」我不禁微笑。記起前些天我曾寄出一疊填滿了黑字的稿紙，想想結算稿費的日子到了，我遂順便走到那雜誌社的辦事處，領出了那一筆稿費，數目不多，一時不知用它換些什麼，終於在一家書店門前停了下來，買了一部英詩選，一本陶淵明的詩文集，我這「以紙易紙」的生活，自高中時代起已繼續了很多年了，只要能這樣下去，我已感到滿足。

臂下夾了那兩本書，我仍又信步前行，我不復再有孤獨之感，因為已有那兩本書的作者與我相偕。後來我發現已走出了市區，而來到一片田野，田中處處，甚至每一條小徑上，都瀰漫著翡翠般鮮碧的顏色，真如英國的作家吉辛所說：「春光已爛縵於每條小徑上了。」我也仿著吉辛在散步時的習慣，開始唱一支歌，一支無聲的歌。

十年以前，當我受洗禮的清晨，一個外籍的修女給我取的教名是則濟利雅（Cecilia）——那原是一位司音樂的女聖者的名字，以她的名字為我的教名，我曾表示過不同意，因我一向與音樂無緣，更不會唱歌，但那修女拍拍我的肩膀笑了：「我知道你的心裡整天在唱歌。」經她一提，我只有默默的俯首，想不到這靈魂深處輕微的歌聲，卻被那充滿智慧的異國修女聽去了。

像一些人一樣，我的生活也曾充滿了鬧劇的場面同大雷雨的背景，但如今這一切都成過去，卸裝後的我，兀自獨坐在寂靜的後臺，四壁悄然，我這時才聽清楚了我心靈的聲音——它是如此單純，如此簡短，但說明且保持了我靈魂裡一種珍貴的東西，今天，此刻，我又聽到了，且任它一遍遍的重複繼續，這微妙的聲音，正好配合了響藍的天空同開花的大地，同時，也憑了這紙短箋傳達到你的耳邊。

寄林婕

一

林婕，我已經接到你好幾封信了，兩個月來，我只以無聲的關切做了我的答覆。因為日子過得異常的忙亂，如果我吐發的，不是來自心底的聲音，我寧願沉默。

昨天又接到你的信，你說：「姊姊，我要求你寫幾個字來，如同你寫一篇散文。」這要求是新穎而別致的，我笑了，我正要寫一篇散文，今天這一篇，就算是寫給你的吧。

我知道你曾為了一些事痛苦，你不必過分的畏懼痛苦，誇張痛苦，這正是生命要送給每個人的一束黑色鬱金香。

你一定讀到朗弗羅那首有名的詩吧？——〈鄉村的鐵匠〉，生活正是那個鐵匠，我們便是他砧上的那塊生鐵，他敲擊你，只為了使你成為有用的。一個同巷的老婦人前幾天曾對我說過，她的小孫兒賽跑獲獎，只為了在他幼時，做祖母的曾為他穿過一雙雙過於笨重的鞋子。如今鞋子脫了，健步如飛，巷中的孩子們沒有一個能趕上他。苦難正是那個老祖母，在生命的途程中，為才學步的我們穿起過於笨重的鞋子，它們笨重，使你目前顛躓，卻使你在人生的徑賽中輕捷。

如果痛苦來了，像一片暗雲般籠罩住你，那麼，你便擁抱痛苦，你便歌唱痛苦吧，為了它是值得讚美的，是誰說過：

「神要使人夜間唱歌，他必要造夜。」我說：「神為了要顯出白晝的光燦，他必要造夜。」感激夜，為了它是白晝的前驅。

我也讀了你寄來的文字，寫得不錯，只是義少字多，顯得擁擠，在這兒，我不禁聯想起寫作的義法與生活的藝術有相通互釋的地方：

宛如好詩中少不了空白，文章中少不了句逗，要使生活安和，得在那噪雜的日常交響曲中，尋找片刻的靜。風有時吹捲，有時靜止，海有時翻湧，有時如鏡，暴雨之後，藍天上一丸白月，告訴你靜寂的美麗。每日，你總得找一片綠蔭，一塊草地，使你的靈魂在那兒得到片時的逍遙，而使生命有剎那的休憩而得到復甦。

沉默、收斂、寧靜，對一個人確屬必要，托斯卡尼尼手中那神祕的音樂指揮棒，不只為了使樂隊演奏，更同時為了使那噪切的管弦，能在分秒之間，戛然而止，餘韻嫋然。在那靜止的剎那，才更見出樂曲的神奇。在生活中，人更須有片刻走出了那高朋滿座的前廳，到那寂寥無人的後門，小立分秒，在清風中稍解微酲。再回到廳堂時，每個人將覺得你神采煥發。一個現代的都市中人，常不知靜的可貴，以至精神紛亂煩躁，知道嗎，靜之一字，是生活藝術中的 keynote。

再回到寫文章的上面，一些作者，往往是過分的急切而熱心，唯恐自己的意思說不明白，以致反來覆去，說了又說，高明的讀者，早嫌煩瑣了。簡潔，實屬必要。一篇好文章的定義是：最妥當的字，安置在最妥當的地方。而一個句逗點得好，正是地方，正是時候，其收效，不亞於一個美妙的句子，從這裡，可以參出生活的藝術來，字句表示進展，而句逗表示停頓，兩者運用安排得宜，文章才能搖曳生姿，生活能動中有靜，才有詩與美存乎其間，而不致成了世紀末一個終日旋轉的輪盤。

這是夜，秋天在我的廊沿外徘徊著，雨在低語，風在輕歌，秋天，多可愛的日子，繁華凋盡，只顯出更為純樸的面目，我試著自秋天體味文章三昧：不必要的枝葉同顏色，都予以刪落，只留下那婀娜而遒勁的，代表向上的生命力的樹幹，與豐美的果子。有這樣的作品寫出，乃是一個作者最大的歡欣，而生活著，也要有秋天那種素樸的情調，林嫿，對嗎？

二

林嫿，今天我不想給你講故事，只願為你在紙上畫一張小畫——水墨畫成的「清晨」，林嫿，你高興嗎？

清晨，我推開窗子，向前眺望，遠山有如一個著了藍衣的巨人，屹立於朝暉之中，向世界上第一個啟窗的人道晨安。窗外那一片花圃，曾在夜的幻術下失去它一切可愛的形象同顏色，如今醒來了，晨風也殷勤的問著那最先展開的花朵，這個小天地，經過清晨女神的裝點，已燦美得有如一片織錦，上面擎托著淡藍的黎明。

林嫿，我覺得每個清晨都像是一片柔軟的藍綢，我當真捨不得去剪用呢，在那淡淡的花氣之中，在那飄忽葉底的綺風之中，我往往拿起了一本書，又拋下它，然後又展開另外一卷；我常是鋪開稿紙在上面寫了幾個字，又將它塗去，再開始重寫，我在躊躇著，我如何才能在工作上給清晨留下最好的畫像呢？我簡直說不清楚，林嬡，就在我的猶豫徘徊之中，晨光漸漸的消失了，教堂的午鐘響了，日光的海洋正值滿潮，泛濫於大地上的每一角落，我惋惜，又一個清晨失去了。於是，我坐了下來，又另外萌生了一些希冀、願望、幻夢、理想，我多麼希望再如願的織出這些理想的圖案，在這人生的日午。

當小園中的蔭影漸漸的加深、放大，當遠天飄起一支彩翎似的晚雲，說明黃昏來近，歸鳥成陣，在為夕陽燃燒著的樹巔盤旋，尋找著牠們的巢，遠近人家的小窗戶裡，開始亮起一盞盞的燈，像是一些天使們的眼睛，好奇的來窺視這個世界。我悄然獨坐，驚悸於白晝的離去，暗夜已經快來了，我掩上書本，聯想起童年時候，坐在散佈著姍姍花蔭的簷下，看看亂飛的蝙蝠，偎依在老女傭的懷裡，她一邊絮絮的為我說著一些古老的神話，一邊擦拭著那油燈的玻璃罩子，我漸漸的隨了她那有催眠魔力的聲音，拖著想像的腳步，踟躕於邯鄲道上，忽然，門外傳來了馬嘶人語，更夾雜著慵懶稀疏的駝鈴，我匆匆的跑了出去，對面小客棧的槐樹下，散亂的站著一些遠方的客商，帶著滿衣的塵沙，今夕他們將在異鄉的星光下，暫歇行腳。我大張著眼睛凝望著他們，更充滿了好奇的諦聽著那些難懂的外鄉口音，我猜不出他們明日神祕的行程，是到更遙遠的繁華城市，抑是走向那無垠的大漠？林嬡，如今我也如駝背的遠行客，又蹉跎盡一日的時光，更茫然於自己明日的途程，是走向那遠方的城市，抑是蹣跚於無垠的荒涼大漠？林嬡，我深感到迷惘了，幸而我手中還持有一枝燭，這是一枝純以蜜蠟做成的燭，好似舊詩中所說的蜜炬——我凝望著它，聯想起百花齊放的仲夏，和群蜂的嗡嗡之聲，我竟忘了如今已是清秋時節。

我起身將蠟燭燃亮，它那透明的淡象牙色，與黑絨的夜幕是如此的諧調，而呈現出一種最高度的美。

我守望著這枝燭，燭守望著夜，一點光焰在我的心中顫搖，林嬡，你知道嗎，那是對於明日的希冀。

三

林嫿，夜幕垂下來，雨已漸漸的停止了。

世界上的一切都已睡去，只有壁上的鐘在走著它不變的圓圈路，安詳而有節奏，此外，陪伴著我的就是那一瓶花同那盞不眠的青燈了。那束槿花還是清晨一個朋友送來的，時至午夜，已呈憔悴之態，只有那一盞燈，光芒在暗夜之中愈加輝耀，像是一個智慧的哲人，睜著他那雙澄澈的眼睛，向沉沉的夜色，發出了譏諷的微笑，作著無語的挑戰。

十多小時的案牘勞形，我已感到身心俱疲，我垂下頭正欲尋夢，但是那盞燈以它溫柔的鵝黃光輝流照著我，喚醒了我，似乎在說：「振奮一些吧，瞌睡的靈魂！在過去，你浪費的時間已是太多了，在許多晴美的春朝，你用來畫夢，在人生的日午，你用來嘆息，代替了彈奏一支肅穆的生命序曲，你卻消耗時間來編織幻想，也許，你曾經愛過，你也曾被愛過，但後來，花飛水逝，證明那只是最無價值的人生戲劇，你曾嘆惋自己的愚昧，但卻無計斬斷那些情感的亂絲，它們像一些秋草般纏縛著你，有一個時期，你乃陷於極度的傷心絕望，好像瀰漫在你生命週遭的，只是無邊的夜色，是我，夜夜照著你寂寞的影子，並將你喚醒，使你重又聽到時間的壯麗進行曲。人間雖然有暗夜，但那終於會過去的，即使在夜色最深沉的時候，也仍然有著燈火，那象徵著光、熱、愛與美。燈光是大地上的星座，是到人間來巡禮的女神的明眸，在那光波之中，你會聯想起昨夜的星辰和明日的晴暉，你將歡笑，不復憂懼，你更會由那一點光焰聯想到金黃的豐收季節，那芳香的葡萄園中，懸垂枝頭的透明如珠的飽滿果實，你將忘記了人生一切的苦難與不幸，而充滿了美麗的憧憬。夜夜，我如同慈母一般，溫柔的注視著不眠的你，等你寫下對人生的謳歌，對人類的熱愛，以一枝筆試著將人心中的暗雲拂去，而透出一片清曉的微光。」我看看那盞燈，我無語的向它微笑，光明的使者呵，美的聲音，朦朧欲睡的我又醒來了，我感激你的叮嚀囑語，我又拿起了筆，展開了紙，譜出我的心聲。外面，夜正深沉，夜像是一道長河，在燈光下，我聽著它的微波潺湲，祝福你有一個好夢。

四

林嫿，前天讀到你的信，為之悵然，你說你的內心每感到煩亂，在這已涼天氣未寒時候，你當真患著季節的感傷病嗎？我以為雖在秋日，我們仍要在心中保留著永恆的春天。你又說：「窗外枝頭的葉子已悄悄變黃，在風雨中黯然離枝，好像我們失去的年光。」也許這是極恰當的詩意的譬喻，但是，林嫿，飄落的任它飄落吧，何必徘徊樹下為了無法掇拾落葉而感喟？還是仰起頭來去凝視那些未凋的葉片吧，在它們上面，你仍可寫出生命中最美的詩篇，你還年輕，不必吟哦那些「去日苦多，來日無多」的舊句，拂拭去那些閒愁吧，那最會腐蝕你心樹的生命了。

轉化你的憂愁為喜樂吧，如同在暗夜中等待黎明鍍銀了你窗前的峰頂。

切記，莫惋惜你失去的，應珍視你已有的，在極度的貧乏與病苦中，仍應充滿了感謝，在寂寞與孤獨之中，仍要充滿了喜樂，為了我們仍有生命力去創造一切，為了仍然有真理與我們相伴。手執的杯子中，不是空虛的，卻是滿盈的，其中所盛，不是苦酒，而是塗敷我靈魂的芳香油膏，那乃是造物對我們最好的祝福。

林嫿，我知道你置身於一極喧囂的環境中，或者，這是增加你煩惱的原因之一。那麼，你便要努力振拔，自一片喧囂中抽身出來，靜靜的保持著你的緘默，去諦聽自己內心的柔聲，靈魂的微語和思想的妙音，如此，即使置身於現實的歧路，你的心靈絕不會迷途。聽吧，林嫿，「我竭力將我的耳朵塞住，不讓它聽到任何外界的聲響，不久，別的聲音一概停止了，我就覺得在我裡面最深處，有一個最微細的聲音開始響動了，啊，這聲音充滿了溫柔和安慰，我聽著，聽著，這聲音答覆了我一切所要詢問的，這聲音是一切智慧和知識的泉源。」

我如此說，並非是自詡自己沒有煩苦的時候，相反的，我有時感到極度的困惑，好像濃霧瀰漫在四野，而一片霜雪，將我能辨出的小徑都遮掩起來，我似乎茫然的失去了方向，而像你目前一樣，感到極度的煩亂。但是，我有著鎮定心魂的妙藥，那便是靜靜的獨坐室隅，打開心扉，細聽其中傳來的最微妙的聲音，再一度，我的精神恢復了澄明，以後，再舉目四望，啊，濃霧簾幕捲起來了，遍地的霜雪已經融化，大道在晴美的陽光下閃著銀色，許多人在上面馳騁往來，尋求著理想中的藍花。

林嫿，當你憂苦的時候，煩亂的時候，靈魂感到枯燥不寧的時候，不要忘了你自己內心中有一口井，自其中汲取澄明沁涼的一滴，即可使你獲得喜慰與寧貼，那是無待外求的，治癒自己靈魂痼疾的，還有待於你自己。你不信我的話嗎？看完了這封短箋，你安安靜靜的坐下來，默想的藝術，可以使你發現一切比以前更為可愛，甚至於連你自身也如此。

五

林嬡，許多日未接到你的來信了，奈何這樣惜墨如金？我每天都去看幾遍信箱，但是不見你的片紙飛來，只有幾片落葉投到我心中一片秋意。

你是在忙，抑是在病？還是趁著初秋新涼到遠處去旅行了？你的緘默，造成了我心底的哀愁。

幾日來這小城都在落雨，我常常擎一把傘在住處的附近漫步，看那纖長的雨線自天空拖到湖水面，好像有一隻神祕的手，要藉了這釣絲去釣取昨夜失落水底的星辰。但是，湖心是空空的，除了那些殘荷同老去的蓮蓬，此外，便只有為連日西風所濾剩的無邊寂靜了，我已無意再去泛舟採蓮，因為此心已如蓮子，含有一個澀苦的清秋。

入夜，我燃著一枝燭，看它亭亭的立在白銀的燭臺上，像是一座倨傲的小燈塔，又像是一株年輕的白樺，屹立山巔，和我一同俯瞰著夜的黑海，諦聽那潺潺的微波。

窗外的風雨聲中，偶而傳來清脆的車鈴，又漸漸的遠了，微弱不聞。我思念的翅翼飛向遠方，直到一個珍珠色的輕夢將我籠罩，好像秋日的微雲籠罩大地，又好像一片殘荷將湖水遮覆。門外風雨消歇，星子悄然來叩戶，我完全不曾知道，直到午夜，我才自那夢的國度回來，黯然的拂拭著衣上想像的征塵，我更驚悸的看到短燭在抖落著珊瑚色的淚，它已守候我太久太久了。

我轉身去修剪那搖曳的燭花，如同刈剪著夢中的花朵，如同著剪刈我心中漸漸抽長的思念。寂靜中，聽到鄰兒夜啼，聽到才長齊翅膀的雛雞在後院試著牠的新聲，那聲音斷續、瘖啞，有如一個人初次學吹他的笙簫，夜在雞鳴中漸漸褪色，準備抖落滿襟的星子歸去，我默默的在心中儲藏對明日的希冀，留一顆曉明星掛在心頭。我希望生活在明朝會增加一點新奇的情節，一日日的重複著同樣的節目，好像溫習著童年背熟了的詩句，我當真有點厭倦了，尤其在這人間的初秋。

故人相望處，
離思何限。

如果偶而憶起了清真這兩句詞，趕快拾取一片落葉寫幾行寄我吧，林嫿！這是涼意初透的秋日，我還不耐輕寒。

珊瑚珠

林達，有人贈我一串珊瑚珠的項鍊，自那顆顆晶瑩的緋色珠顆，我似聽到了海水的微語，宛如自一片落葉，聽到西風的嘆息，那美麗的項鍊，引起我一些幻想，在這初長的寂寞秋夜，我就講一個珊瑚女的故事給你聽吧。

林達，我想你一定讀過法國象徵派的詩人拉馬丁的那本著作：《葛萊齊拉》，評者謂此書雖不算是拉馬丁最傑出的作品，然而，卻是他作品中閃著奇光的一顆明珠，那本書敘述的正也是一個意大利珊瑚女的故事，我今夕所講的，當然沒有他的動人，但是，請你耐心的聽下去吧，只當這篇潦草文章中每一個字句，便是一粒未經琢磨的珊瑚珠，你一定會微笑的接納我這贈獻，在處理文字上，我本像是一個手工最拙劣的珊瑚女。

隨著我，到那大海的邊岸上來吧，海正在睡著，她的裙衣展開，鑲著銀亮碎浪的花邊。再向那邊望去，海灘上嵌著許多閃亮的貝殼，這一些珍物，正是每次潮汐的餽贈，有些貝殼的樣子是很奇怪的，有的如塔，有的如峰，都是那麼玲瓏乖巧，那邊還有一枚，像座白屋子，而那就是一座真正的白屋子，只因它和海比起來顯得太渺小了，所以往往被人認為是形狀奇特的貝殼了。

那座像貝殼的白屋，靜靜的嵌在海岸上，像是已經有一些年了，到底它是什麼時候建造的，沒有人知道，那個小屋，開著卵圓形的窗子，好像是一隻眼睛，眼睛中映動著一個人影，那便是在窗下辛勤工作著的珊瑚女了。

她在何時來的，自何地來的，沒有人知道，她也從不向別人訴說。她的衣著是簡單的，她那可愛的面容上，也很少表情，與其說她是一個真的人，莫如說是終年著了樸素褐色衣裳的一幅畫，一幅庫帕畫的人像。

她的整個存在，便像是一個難解的謎語。她整日靜靜的垂著頭，在窗前的日影中琢磨著那顆顆的珊瑚珠，偶而抬起頭來，蔚藍的海水，便在她那深黑的眸子中流過……。

有時候，她望著那琢好了的圓圓珠顆笑了，那笑容，像是春天林表的陽光，在杜鵑的呼喚中顯得格外燦美。她的笑，那陽光一般的笑，照亮了她黯淡的容顏，她狹隘的斗室，和那些珠顆，珠顆好像要轉動了，在那粗糙的白木桌面上；有時，她卻流下了眼淚，淚水沾溼了那些小精靈似的珊瑚珠，閃現出一種奇異的光輝，因而顯得更亮了，更亮了，像是化成了一點點的淚。然後，她充滿了感情的將那些珠顆把玩著，摩挲著，更像是將那些珠子看做有生命的東西，溫愛的向它們低語著，說出了她全部的心事，但是一顆顆的珠子只默默的聽著，聽著，而不能答語，但焦灼的以清瑩的淚眼向她凝望著，像是完全理解，充滿了同情，它們更像是知道：與她即將離別。

然後，她再擎托著那些珠子，送回距住處很迢遠的工廠，有人再將它們帶到都市，去套在那些柔白的頸子上，裝飾一個虛幻的美夢。她將琢磨好的珠顆送走了，只將無限的苦辛留下，於是，再以她的時間與精神去琢磨另外一些珠顆，這單調而乏味的工作，日復一日，年復一年的繼續著，重複著。這個珊瑚女所做的，有如一個嚴肅的文藝工作者，琢磨著他的字句，直到它們晶瑩圓潤，由內至外，透發出智慧的奇光與瑰麗，像雪萊所說的詩人們一樣，將快樂與美餽贈給讀者，將辛苦留給了自己。

孤獨的苦作著的珊瑚女也像我們一樣，她的心靈如一個透明的玉杯，其中洋溢著豐富的情感，她有愛也有恨，有快樂也有憂傷，但她卻細心的為感情織起一件衣裳，將一切都隱蓋起來，她不需要表現，因為最真摯的感情是絕不需要表現的。(這一點，也許你懂得最清楚了，林達！)

白天，工作完了，迎著那打開的窗子，她以寬博的襟袖來迎接那微涼的，帶鹹味的海風，聽到鷗鳥嘎然而鳴，她心上思念之絲被引得更長了，她以理智將它剪斷，如同她每晚剪著燈心草一樣，一日日的過去，她更細心的琢磨著那些珊瑚，使它們更圓更亮，圓亮得如同冬夜發光的緋色小燈球，更像新秋垂在枝頭的一些葡萄珠。但是，光陰一日日的向前流過，她不曾注意到她那光潤的前額，卻為時間的利刃所傷，她在鏡子中已找不到昔日的自己，只見到臉上為悲哀佈下的細網。她嘆息著藏起了鏡子，走出戶外，呵，一片茫無際涯的蒼灰與深藍！無言的天空無情的大海平分了她生命的布景，她沒有翅翼衝破了那深灰，她沒有小舟划破那一片深藍，她將儲存在心底的財富——一個個的夢，都擲在大海裡，任它化作泡沫，終於消失，她還得再轉回屋子，向著那些珊瑚珠微笑，流淚，那是生活。

太陽升起又沉下，潮漲又潮落多少次了，但生活中並不曾綻開一朵她丟失了的玫瑰。

林達，每晚當你跪在窗前作晚禱的時候，莫忘記為這珊瑚女禱祝吧，那時候，想她正琢磨完了她那顆顆的珊瑚珠，窗前小立，襟袖上綴滿了星光，細數著她失去的日子。

夜正長，謹以思念的線兒，穿綴起這些字句，算是獻給你的一串並不精緻的項鍊，原諒我吧，我本不是一個巧手的珊瑚女，然而，我卻選擇了這一個工作，你笑我在演著可笑的小悲劇嗎？我自己也明白的。

一位隱逸的作家

初夏的清晨，到處洋溢著一股鮮潔的氣息，我自教堂裡回來，在林蔭路上走過，碎圓的日影，在地上閃爍著，耳邊，似仍繚繞著教堂的鐘聲。

回到家裡，坐在廊前，拆看完了當日寄來的書報，我又拿起了吉辛(C. Gissing)那本散文集，在那溫煦的陽光下，我一頁頁的掀讀著，我似逆溯著時光之流，與那位二十世紀初葉的哲人晤對。他是一位卓越的文學家，但我寧願呼他為哲人，因為這似乎更恰當一些。他並不曾留給我們什麼煌煌巨製，傳世的只有幾本薄薄的散文同小說，在他那清新雅麗的文章中，表現著一種冷眼觀世的態度與悲天憫人的哲學。那份寧靜淡泊，真有點像我國的陶淵明：

> 環堵蕭然，不避風日；短褐穿結，簞瓢屢空，晏如也。常著文章自娛，頓示己忘，忘懷得失，以此自終。

這一段文字，是自陶淵明作的〈五柳先生傳〉中擷取下來的，有人說是作者藉以自況。如今以之形容西方的吉辛，也是最恰當不過的。吉辛以家貧，自十六歲即到處飄泊，鬻文為生，受盡飢寒，直到後來，才稍知名，賣文所得，勉強可以維持生活，他至此已感到滿足。文章中處處流露著一種自足的恬適心境。我的手邊沒有他的傳記，只在他文章中約略可以看出，他終生過的是獨身生活，他的最有名的散文集子：《亨利·瑞克若夫的手記》(*The Private Paper of Henry Ryecroft*) 實際上，就是他生活的實錄，其中有數段，使我讀來愛不忍釋：

這室中無限的靜寂！我已經懶洋洋的獨坐很久了，看著天空，看著陽光的金影照在地毯上，它隨了時間而變化著。我的眼光自一個鏡框移轉到另一個，更沿著書籍的邊緣而逡巡著，在此室中，一切寂然，我能聽到園中的鳥鳴，我能聽到他們振翅，並且，如果我喜歡這樣，我可以整天坐在這裡，進入夜晚更深沉的寂靜。我覺得這小書屋是美麗的，主要的因為它是家。過去的大半生我是流落無歸的，我曾向自己說：有一天，或許我會有家宅；然而，這或許二字，卻越來變得越渺茫了。當命運悄悄的向我微笑的辰光，正是我已不敢再作此奢望的時候。

我不是個生物學者，但是我很久以來就發現蒐集植物的樂趣了。我高興偶而發現一種不認識的植物，靠了查書才辨知它，當再看到它又出現在我的身旁時，我呼喚著它的名字來致意。如果這植物是罕見的，能夠發現它已使我開心，大自然，這了不起的藝術家，在尋常人的觀矚下創造尋常的花草，甚至於我們認為最凡俗的雜草，那份奇妙與可愛處，也絕非我們的語言所能形容，但這些還是在來往行人的注視下造成的。至於那些名貴的罕見花卉，則是在一邊創造的，在隱祕的處所，在那大藝術家較嚴肅的心情中造成的；能夠尋見了它，我們覺得已獲入一更神聖的境界，而為之欣然，甚至在我的喜樂中，我也懷有敬畏之情。

我閒步多久也沒有關係。沒有什麼要務等著我回去做；我如果總是這麼遲回也無人擔憂著急。春光爛縵於小徑同田野中了，我覺得彷彿要踏過每條展現於我面前的小路。春天使我久已忘卻的少年活力復生，我走著毫無倦意，我像個孩子似的唱著，那是我童年就會的一支歌。

他更有些段文字，寫到星期天的心情，以及夏日的風光，星期日以及夏日，這是兩個平凡而又古老的題目，不知曾為多少作家描寫過了，但是，出現在吉辛的筆下，卻又是如何的清新曼妙，當初夏娃伊甸園中度過的第一個星期天，第一個夏季，想來也不過如此吧？我們看吉辛如何為這兩個題目敷上新鮮的色彩：

這是星期天的早晨，在大地的美景之上，閃爍著明淨溫煦的天空，那乃是夏季用以愉悅我們心目的。我的窗子開著，我看到陽光流上了園中的葉花；我也聽到了鳥鳴，牠們的習慣便是對我歌唱。那些在簷下築巢的燕子，一次再次的無聲的掠飛過去。教堂的鐘開始響了；我聽得出那聲韻中的音樂，似近而又遙遠。

……

在星期天，我比每日下來得遲一些，我脫去工作週的常服，另換一套衣衫，為了更可以適合這精神上休憩的日子。就我個人而言，在任何的時間內都談不到什麼工作，然而，星期天卻給我休閒。我與大家共享那份安謐，我的神思也逃離了那苦作終日的世界，似乎比平時擺脫得更為徹底。

因為我的室宇幾乎是終日寂寂，說我的屋子為何顯出星期天的那份寧靜，頗有點不易；然而我自己卻覺得它與往日不大相同，我的管家婦走進我的屋子來時，臉上帶著星期天特有的笑容，她那快樂的神情，使我看了也覺得高興。如果勿須高聲，她儘可能的以更柔和的語調來講話；她穿的那件衫子，使我想到廚下只有簡單省力的工作來做了。當她不在的時候，我有時到一些房間去看看，平日我是從不進入那些房間的；在這位善良的好婦人的領域之內，我準知道一切整潔光燦，使人的眼睛感到舒服。我整理卷帙，懸掛圖畫，是不會有裨於那一塵不染的氣味芳香的廚房的。我生活的恬適，完全是這位默默的生活著工作著的婦人之力。並且，我敢說我每月付她的那一點工錢，實在與她應得的報償相差甚遠。她是一位老式的婦女，她認為能克盡厥職便目的已達。而她雙手努力所完成的一切，本身對她就是一種滿足，一種驕傲。在這炎熱的氣候中，我願在烈日之下走路。我們英倫三島上的太陽，絕不會炎熱得使人無法忍受，卻在心中引起了一種壯麗之感。在大街上，烈日當空，有點難以消受，但是，目光所及，天上的光彩都使每件平凡晦暗的東西增加了美麗。夏日一些色度很深，線條清晰的影子，本身就非常動人。如果這些影子落在行人稀少的大街上，看來就更為悅目了。我記得有一次看到了那大廈、尖塔、紀念碑的影子，就好像看到一些新奇的東西一般。後來我坐在大道長長的堤壩上，與其說是休息，莫如說是閒適的眺望，我毫不感到疲倦，而正在中天的太陽，仍將它的光輝流照著我，好像將生命注入我的脈管。

……我在這日光輝耀的金色時辰散步，終於來到一株巨大的麻栗樹下，在婆娑的葉影下，它的根株形成了一個很合適的座位。在這休憩的地方，我前望看不到什麼廣大的景色，但僅就我所見的而言，已足以遊目騁懷——那田間的邊緣處，一角荒地已為黃色及紅色的花覆遍，那明麗的紅黃之色，與這日子的光燦，極其諧和。近邊也有一道籬牆，開遍了蛇麻草的大朵白花。我的眼睛凝望著，久久不倦……。

文長無法摘譯得更多，但只就這些段落，就可看出作者的抑鬱、孤獨，但也可以看出他那平和、寧靜、恬淡寡慾的心性與對自然的熱愛。他文章的優美處，是自平淡中見出雅趣來，我們實在找不出適當的字來形容他文字的可愛，如果勉強要來形容，也許只有借用李白的句子：「清水出芙蓉，天然去雕飾。」他的文字之純樸無華，真是極像我國的陶淵明，而他的高潔志行，恬淡胸懷，不也正如陶淵明的詩句所形容的嗎：「少無適俗韻，性本愛邱山」、「久居樊籠裡，復歸得自然」。

吉辛生於一八五七年，卒於一九〇三年，享年四十六歲。數十年地上短暫的生涯，真如一首晶瑩的詩。他的氣質，傾向悲觀，文字在平淡的外表下，實含有深刻的悲哀。使人讀來，如嚼青色的橄欖，又是芳香，又是澀苦，彌覺其味無窮。然而，以這麼一個精純的藝術家，生前死後，並未得享他應有的盛譽，一些英國文學史竟將他輕輕的忽略過去，一字不提，這事使我們這些異國讀者也為他感到不平。也許他那卓越的品格，隱逸的生活，平淡的文筆不易引起一些人的注意，更不為那急功近利的古老帝國的人們所喜，思念及此，不禁掩卷興悲。但他實在是個淡泊名利的人，他生平從不願追求煊赫的聲名，歿後，他那些優美作品，遂也遮掩在一片陰影裡，這黯淡的命運，也許正是他所希冀的？

像贊

——寫給匈牙利一個無名的女英雄

十一月十一日的清晨，我展開了此間的一份報紙，第三版的中心處，印著你的一張照像，是國際社的記者在布達佩斯攝得的，像中的你，在殘垣斷壁之旁，守坐在瓦礫堆上，短短的捲髮掠在耳後，一枝槍放在你的膝上，你指間夾著一枝香菸，深邃的眼睛向前瞭望著……在你相片的旁邊，注著一行小字：

匈牙利革命軍中的一位愛國女志士，在布達佩斯的戰事趨於沉寂時，坐下來把槍放在膝蓋上，抽一根香菸。

我怔怔的凝望著這張圖片，只覺一片神聖的光輝自你的眸子中輻射出來……。在你那清癯的面孔上，我看到了二十世紀的女貞德，不知名的女英雄呵，在此，容你這陌生的東方古國的友人，獻上無限的崇敬。

在你的國土上，這十一月的時候，已正吹著寒風，飄著雪花，而在那淒寒黝暗的冬夜，你們燃燒起輝煌的愛國的烈焰。十年了，俄國人的鐵蹄，踏上了你們的國土，藍色的多瑙河開始嗚咽，它靜靜的滑流著，日夜滑流著，在它心胸的河床上，淤積著更多的悲哀與憤怒，整個的河水，化成了一灘愛國的熱淚。在這淒寒的日子，森林中的幽夢醒來了，藍色的多瑙河揚起了波濤，配合著愛國兒女們跳動的脈搏，多瑙河唱起了悲壯、昂揚的曲子，多瑙河，憤怒的多瑙河呵！自古以來，美麗而溫柔，充滿詩情畫意的多瑙河，有著秋日天空一般透明的碧藍，如今，變成了血的長河了，愛國志士們的鮮血，將它染成了一道鮮豔的帶子，緊緊的，緊緊的綰上祖國大地的邊緣，這一抹血的豔紅中，有一些熱血是流溢自你熾燃的心中。

我再度仔細觀看你的照像，我看到你身上那件寬大的男子的軍服，腳上那雙笨重的男子馬靴，還有你那枝長槍，這枝槍，也許是自你丈夫、兄弟、或兒子的身邊撿起來的，他們在英勇的戰鬥中倒下去了，同伴們告訴了你這消息，你跑到那屍體旁邊，沒有灑一點眼淚，你無言的拾起了他們留下來的這枝槍，也無言的背負起他們未完的任務，拿起了槍，你默默的向家屋所在的方向，瞥視了一下——在那古老的房子裡，或者有你白髮的老母，同那才學語的幼女，但你已顧不得她們了，同著一些伙伴們，向炮火正濃處跑去，那一刻，你已渾忘了一切，你只記著：我是祖國的女兒！

在路上，也許正遇上你的鄰居們，她們正揹著一些乾糧同衣物，預備逃向奧匈的邊境去，她們倉惶的向你揮揮手，大風雪中，她們的淚眼同鼻頭是那樣的紅腫：

「逃吧，俄國人的坦克來近了！」

但你向她們含淚作別，鎮靜的說：

「你們去吧，再見了！至於我呢，我要踏上我的丈夫、兄弟、兒子留下的血的腳印，即使死，我也要死在匈牙利的天空下，匈牙利的土地上。」

她們推擠著，啼泣著走遠了，你在那已化作堅冰的積雪上跪了下來，摸弄著頸際那只金質的小十字架，那是你的丈夫在結婚時送給你的，你遙望著灰色的天邊，開始了無聲的禱祝：

「主呵，為了正義與真理，我願獻出了我的所有，願你的光輝照射著我，和我多難的祖國，祝福它自魔鬼的枷鎖中掙扎出來，而得自由的歌頌你的愛與仁慈。」

近邊一個擔任守衛的同伴，遞給你一枝菸，他溫和的笑著：

「俄國鬼子們暫時退卻了，吸一枝吧，養養神好等待著他們再來！」

你接過了那枝菸，借他的打火機燃著了，你坐在那堆瓦礫上，望著那嬝起的淡藍煙紋，開始了沉思……，你想起了十五年或二十五年前的十一月的一個日子，那天你們才結了婚，自城南的教堂中走了出來，你含著幸福的微笑，挽著你的丈夫的手臂，鄰女們向你們拋散著鮮花同彩紙屑，她們都以羨慕的眼光，凝望著你們。你的丈夫是一個技藝精熟的製鞋匠，在一條不太喧鬧的街道上，開著一家鞋店，樓下是店鋪，樓上便是你們的住宅，屋子並不太寬敞，但卻是溫暖而舒適的，屋後更有一片小小的花圃，婚後的光陰充滿了陽光與歡笑，他在忙著店中的事情，你則操勞著家務，誰都誇獎你們的店鋪比誰家的都整潔，那幾面玻璃窗，在你每日的拂拭下，閃著那發光燦的清光……。第二年，你們的小彼得出世了，生活變得更為完滿，屋子裡終日是歌聲、笑聲，與你推動搖籃的聲響……。

但是，一天俄國人的多毛魔掌伸過來了，奪去了你們的歡笑，毀壞了你們的幸福，每個匈牙利的人都變得貧窮了，更沒有人來買你們店裡製的新鞋子，你們陷於可怕的饑饉，你的丈夫終日奔波著，為人做著零碎的短工，更不能維持一家的溫飽，你們的小彼得變得多病而消瘦，你豐滿的面貌變得蒼老而憔悴了……。每晚，在那光影微弱的燈下，你們暗暗的對泣：

「是誰使我們如此痛苦飢餓，是誰掠奪去我們的一切？是誰，是哪一隻罪惡的手？」

你們失神的眸子中，同時閃現出憤怒的火花：

「早晚有一天我們會復仇的，這日子不會太遠了。」

當真，這偉大的日子終於來臨了，匈牙利在怒吼了：「強盜們，滾出去吧！」

男子、婦女、孩子、學生們都參加了戰鬥的行列，每一個窗口，都展開了戰鬥，子彈用盡了，瓶子、木棍、石頭，都是最好的武器，……匈牙利人民是不願做異邦奴隸的，反俄的怒潮洶湧了，藍色的多瑙河面，飛上了白色的雪，染上了紅色的血……，那壯烈的呼聲，如黎明的鐘聲，響徹了世界：

「我們要自由！」

……你默默的想著，你向你家宅的方向瞭望，呵，那裡，俄國人的炮彈正在燃燒著，什麼也望不見，只是一片火光，在那裡，有昨天冒著炮火趕來探望你的白髮老母，有你那才學語的愛女……。你默默的起身，石像似的佇立在那兒，你的眼中，沒有眼淚：

「主呵，感謝你給了我這麼一個機會，為祖國獻出了我的一切。」

你佇立在那裡，你的偉大的身影，也永遠屹立在全世界愛好自由的人們的心中。可敬的自由鬥士呵，在這裡，迢遙的東方古國的一群，向你伸出了灼熱的手，你失去了你摯愛的人們，但你獲得更多敬愛你的心靈。

可敬的匈牙利的女貞德呵，十一月十一日自報紙上看到你的照片後，又有多少個日子溜走了，在這些時辰裡，不知你又參加過多少次戰鬥了？我在這裡默默的為你祝福，但願你平安無恙，美麗的女英雄呵，在這世界上，每一塊石頭都要為了你們的壯烈事蹟而落淚；如果你不幸在炮火中倒下去了，你的永恆塑像，卻在我們的心上豎立起來了，驕傲的微笑吧，你偉大的靈魂！

寫給阿泉

這些天不知為了什麼，常常憶起一些故鄉的人和事，阿泉，我更常常的憶起了你，你那微僂的小身軀，那顯得略大的頭顱，那露齒的憨笑，時時在我的記憶中閃動，同時，更使我聯想起格瑞的句子：

> 但向著可憐的他們，知識不曾展開古老的書卷，貧寒凝結了那活潑的心泉。

凝結了你那活潑的心泉的，不是貧寒，而是不幸。你應該是智慧，有才能的，誰能說那泥汙的笨拙的小手不會彈奏起美妙的弦琴，誰能說那瘖啞的喉嚨不能唱出天才的詩篇？但你那個受盡人間折磨而心靈滴血的母親，使你的生活上籠罩了一層暗影，你的才能、心智，遂如五月的花蕾，未及展放，即遭到摧折，世界上，像你這樣不幸的孩子是太多了，純淨如珠的小靈魂，終生在黝暗的海底沉埋，在一切的悲劇中，我以為這是最大的。

記得有一年我放暑假回到家鄉，那正是夏天的日午，一切都那麼靜寂，窗前的玫瑰在低頭沉思，藤樹也在小睡，我和姊姊坐在窗前，單調的蟬聲漸漸將我催眠，但忽然自村前的打麥場上傳來了淒厲的呼號，聲音裡夾雜著稚弱的啼喚，我揉揉眼睛，推著身旁的姊姊，她站了起來，望著窗外，憮然的說：

「呵，那個瘋表姊又在虐待孩子了。」

我匆匆的跑到麥場，一片金光在地上泛濫，草木都顯出疲憊的神態，沒有其他的過路人，只有一高一矮的影子在繞場奔走著，前面是你的母親，後面便是那個才學步的你。你的母親著了一件肥大的布衫，腰間繫一根帶子，頭髮披散，滿面是汗水泥垢，她一壁奔馳著一壁發出駭人的呼聲，她奔跑了幾圈，便在一塊大石上坐了下來，自懷中掏出了一隻貓兒，她的眼睛發出熱烈的狂焰，拍撫著那隻有花斑的小貓，口中發出不清楚的柔聲低喚，貓兒也應聲咪咪的叫了起來。後面的你看到母親坐了下來，小臉上立刻湧起笑容，步履蹣跚的才挪移到母親的身邊，而那個瘋狂的母親又狂叫一聲：「啊，你又來了嗎？」將貓兒掩入懷中，一枝箭似的射了出去，轉眼已跑到麥場的另一端了，可憐的你，哭著仆倒在地上。

後來我們才發現，在你的母親病態的心理中，將你誤認為是你那薄倖的父親，而將那溫柔的母愛都交付給那無知的小貓了。不幸的婚姻摧殘了你母親的身心，也摧殘了稚弱的你，這樣的生活，竟使你病倒了，痊癒後，你似失去了心智而變得痴呆了，我每次走過你的家門，常見你倚門而立，一語不發，如同一個木偶，從此，村中人竟以「痴子」來呼你了。

有一次我再度回鄉，很喜悅的聽到人們說你母親的狂癲病已痊好，你也不那麼痴呆了。一天，你的母親帶著你來看我，我順便留你們住在我的後院。我見你已經長得高了一些，但比同年齡的孩子，卻顯低矮，著了一件灰布的棉衣，長過膝蓋，見了人仍然只會痴痴的露齒而笑，兩枚過大的門牙閃著白色的光燦，那憨態引我流淚，我默默的思念著我能為你做點什麼。

改換了一個環境，你似乎也變得活潑了，當我看到你的小臉上閃發出愉快的笑容，在那株杏樹下跳躍的時候，喜悅的火焰也在我心頭點燃了。但是你那可憐的母親又在呵斥了：

「阿泉，不要動！」

你立刻停了下來，臉上又恢復了那痴呆的表情，木然的挺立在那兒，像一截樹樁。我不知道你那母親心裡在想些什麼，卻又不好意思勸阻她管束你。

幾天過去了，在我的愛撫下你似乎又快活一些了，對你的母親，也不似那般畏懼了，有一天，隔壁嫁姑娘，你竟大著膽子瞞住一切人，走到外面去看花轎，轎走了，你也跟著走了。直到中午不見你的蹤影，一家人都忙著找「痴子」，直到黃昏，你才悄悄的出現了，呆立在那株杏樹下面，望著我痴痴的笑，露著那過大的門牙，問你到哪兒去了，你說：

「跟著花轎去了。」

又問你如何回來的，你說：

「跟著花轎回來的。」

家中的僕人對你又是一陣訕笑：

「真是個痴子！」

你的母親對你的「虐待狂」又似發作了，迫你在杏樹下面跪著，在那午後的日影下我看到你的額頭滲出汗珠來，但厚厚的脣邊，仍然不改那痴憨的笑容，那一刻，你顯得是如此的可愛，我立定心願為你找到幸福。

我試著教你讀了幾個字，你並不像一般人想得那麼笨，你一連串的讀著「二」字時，那充滿了歡笑的聲音，至今仍在我耳邊響動，我決定送你到一個補習學校去，畢業後再去學工藝，有一技之長也好養活自己，當我為你買來了新的帆布鞋子，和那頂過大的帽子，你扯著我的衣袖又在笑了：

「阿姨，你真要送我去讀書嗎？人家不是都說我傻？」

我緊緊的握著你那粗糙發涼的小手：

「孩子，誰說你傻！你只是沒有機會發展你的聰明罷了。」

你聽不懂我的話，歪著頭在那裡想，小臉顯得紅脹了。

還未曾將你送進學校，在赤焰的燃燒下我不得不離開故鄉，在我離去的前夕，我將二百元金圓券交給你的母親，請她為你買一點生活上必要的東西，但那可憐的婦人竟一把拉了你過來，將你那灰布的棉衣拆扯開，塞進那一疊硬硬的紙幣，又拿針線密密的縫了起來，更一邊在囑咐你：

「別教人看到！」

你呆呆的坐在那裡，任你母親扯著你的衣袖一針針的縫了下去，脣邊仍然是那痴憨的笑。

阿泉，可愛的孩子，幾年來不知你是怎樣過活的，你那件灰色的棉衣想早已破舊了，那幾張紙幣，仍縫在裡面嗎？我後悔不曾留給你們一點較實用的東西。

一連幾夜月明中，夢見了故鄉，同故鄉中的你，我也在歸夢中看到了那株枯了的杏樹，以及你在樹邊對我說的：

「阿姨，你真要送我去讀書嗎？不是人家都說我傻？」

孩子，我辜負了你那天真的依恃了，什麼時候我才可以送你去讀書，什麼時候我才可以為你找到光明、溫暖、美麗、幸福，那些生活的暗夜中誘人的燈影？在我的淚光中，我又似看到你的脣間閃露著那燦白的過大的門牙，流漾著痴憨的微笑。

栗色馬

那正是北方軍閥混戰的時候，父親才去世不久，我自×城被送回故鄉，偎依在我唯一的親人——祖父的身邊，在那盜匪如毛，有苦海鹽灘之稱的小縣城的鄉下，住了下來。

記得那是一個炎熱的六月天傍晚，蟬兒在柳梢無力的嘶鳴著，村人們在燃燒蓬蒿，驅除蚊子，那苦澀的氣息，在微風中飄散著，落日已沉到村前的叢林裡，大如車輪，閃發著病態的暈紅，看來竟有幾分可怖。

祖父和我正坐在門前的青色石碾上，他搖著一柄蒲扇，靜靜的吸著他的菸管，看著幾個佃戶自那一輛輛的牛車上卸下麥梱。那些淡金的麥穗上，似是透發出一股輕微的芳香來。旁邊的一截老槐樹樁上，繫著我

那匹栗色的馬——平時，我呼牠為「栗子」的，牠是祖父一年前特為我買了練習騎射的，每當我昂揚的跨在馬背上，祖父總是笑著呼我為「神氣的小騎兵」。長工老李適才已帶牠到河邊飲過水了，此刻，牠正噓著氣，咀嚼著黃豆拌乾草的飼料，牠的整齊鬣毛，浴在落日的光輝裡，閃發著古銅般的光彩，牠更輕輕的甩動著那拂塵似的美麗長尾，頸間一串黃澄澄的小銅鈴，也不時發出清脆的微響。我凝望著牠，手中捏著那根短小精緻纏有金線絲總的馬鞭，充滿了喜悅與驕傲。

祖父自荷包中掏出一把菸葉來，按在旱菸袋鍋上，輕輕噴吐著青色的煙紋，他更笑吟吟的為我講了下去：

「那個綽號叫『沒耳朵』的搶匪，聽說是因為報仇才落了草……，據說他實際上卻是個心地很好的俠義的漢子……。」

我納罕的追問著：

「爺爺，是不是他生下來就沒有耳朵？」

「我也沒看見過這個人，人家都說有一次他被官兵捉住了，削掉了他的一隻耳朵，人們還說，因為他丟了一隻耳朵，所以總愛歪戴了帽子遮掩著，還有，他總愛穿一件黑色的緊身衣，身手矯健，神態瀟灑……。」

我安靜的聽著，一邊用自己童稚的想像力在心上摹描起這個盜魁的模樣來。

暮色漸漸加深了，星星像一口口清亮的水井般，閃著淒冷的光芒，遠處種植大麻的水田同池塘裡，送來了一陣聒噪的蛙鳴……。忽然長工老李臉膛紅脹著自村外飛奔而來，滿頭是淋淋的汗水，他衝到祖父的身邊，一壁摘下他的斗笠：

「老爺子，搶匪們自孟莊向我們村子湧來了，大約還有一里路的光景，……我看你老人家還是帶著哥兒趕快逃吧。」

祖父驚惶的站了起來，一把拉住了我，更走到樹樁前把那匹馬「栗子」的拴繩解了下來，他回頭向著老李說：

「我帶著哥兒先走了，你把大門關好，下了栓，然後跳牆出來，到村外去找我吧，不要守在屋子裡，我們也沒有什麼東西，隨他去好了。」說著，一手拉了我，另隻手牽了馬踉蹌的向村外走去。

村外不遠正好有一座很大的穀草堆，像一間屋子大小，緊傍著一片瓜田，瓜已熟透摘淨了，此刻只有凌亂縱橫的一些枯秧敗葉，看守瓜的人搭築的小棚子，也被荒涼的棄置在那兒，祖父把那栗色的馬趕入棚內，外面又用一些枯草掩了，然後拉了我一同隱藏在那穀草堆的後面，一片陰暗清涼的影子遮蔽了我們。

呆坐在那兒半晌，並不曾聽到什麼動靜，長工老李也沒見影子，我變得不耐煩了，站起身來，輕輕的向穀草堆上爬去，自它那尖頂子後面，我向四周瞭望著，我看見田間的路上，正有一些輛板車，向我們村中疾馳，塵土在夕陽的光影中飛揚著，竟像是滾滾的濁浪，我不禁驚懼的呼喊：

「爺爺，這些車子上的人就是搶匪嗎？」

祖父聞聲也爬上了那穀草堆，伸出一隻手來按住了我那昂起的小小的頭，更將我拉扯到地上：

「淘氣的孩子，你真不要命了，別亂嚷，看樣子他們是要自村南圍子牆的缺口處進來，我們藏在這兒，大約不會被他們看到吧，可是，你記著，千萬別再巴望了，他們是有槍的呢。」

我像尊泥菩薩似的重又呆坐在那片黝暗的陰影裡，聽到那匹栗色馬孤單的在棚子裡低聲的咻咻而鳴，我感到窒悶而又焦躁，溫熱的向晚的空氣，竟漸漸的將我催眠了。

醒來我發現自己睡在村中一個劉姓老婦的磚匟上，祖父踞坐在一旁，匟沿的木條上，擺著一盞豆油燈，……如今，事隔多年，每憶起那淒苦的暗夜，那微弱的光焰，猶似在我的心頭顫抖。

我隔了窗紙的破洞，向外巴望著，天邊的星子更多了，如同誰散了一把碎米，簷頭的草葉在輕輕飄動著，夜風已微有幾分涼意。我轉過身來撼動著正在打瞌睡的祖父：

「爺爺，我們那匹馬呢？」

祖父以溫熱的手梳理著我短短的額髮：

「我已叫老李把牠帶到高粱地裡去了，關在那棚子裡並不安全，因為牠總愛嘶叫。」

我揉揉惺忪的眼睛，迷茫的問道：

「那不會丟嗎？」

「不會的，高粱已長得很高很密了，馬藏在裡面，誰也看不見的。說話小點聲，聽說搶匪們已在村中搜索我們好久了，他們要逼我們交出那匹馬。我方才已囑託過這家的老太太，萬一他們到這兒來了，千萬別說出我們的真姓名……。」祖父以那黯淡無光的眼睛望著我：

「你今天竟是穿了一件綢衫呢！」說著他伸出顫抖的手將我那衫子的前襟撕破了。我伏在他懷裡低聲的啜泣，這悽慘的情景使我痛苦、迷惑。但在我的內心深處，同時又不禁生出了一種好奇，我渴望知道搶匪到底是什麼猙獰的面目，還有那神祕的人物「沒耳朵」……我拭拭眼角的淚珠，悄悄的拉著祖父的衣襟：

「爺爺，他們會不會到這兒來呢？」

祖父並沒回答我，只用手掌將我的嘴堵住了，這時，屋外傳來了噪雜的人語同腳步聲。

屋子突然照耀得通明了，我眨眨眼睛，童心裡感到悸怖卻又感到新鮮，這就是故事中綠林的人物嗎？我多失望呵，幾個彪形的莊稼漢，出現在我們的磚匠前面，手中執了火把和土槍，槍上還繫了一條搶來的花綢子。其中有一個黑臉膛，濃眉毛的，怒聲逼問著隱在屋角的劉姓老婦：

「快說，這兩人是不是×家的老頭子同他的孫兒？」

祖父和我怔怔的望著那個老婦人，我的心劇烈的跳動著……。她是多麼仁慈，又是多麼勇敢呵，我們聽到她嗄啞的、斷續的聲音：

「你說的什麼？我的耳朵有點聾呢。」她在敷衍搪塞著。

「快說，別裝傻，這一老一少是不是姓×？」

「老爺們，這哪兒是×家的人呢，他們早逃掉啦，這孩子是我的外孫兒，在我這裡住幾天，那個糟老頭呢，你們難道還不知道，就是村子裡賣舊銅爛鐵的那個嗎？」聰明的老婦人用衣袖擦拭著眼角，更假裝不經意的打著呵欠。

「小心，若是我們查了出來，不會輕饒你這個老太婆的。我們的頭目，想向他們借那匹栗子色的馬，他們卻這麼嗇苛，藏起來了，哼，看他藏在哪兒！」說著，那漢子舉起了那枝土槍，拍的一聲，一粒子彈自祖父的耳邊穿了過去。我看到他雙目緊閉，面色死白，我伏在他身上大哭：

「爺爺，醒醒，他們已經走了。」

祖父半晌張開了那雙愁慘的眼睛，緊緊的摟住了我瑟瑟的小身軀：

「孩子，孩子，說呵，你的爺爺還是活著的嗎？」

我已哽咽得回答不上來，只痴痴的點著頭。

那個好心腸的劉姓老婦站在一邊淌著眼淚：

「天哪，什麼年月！」

她轉眼看到我身旁那一條精緻的小馬鞭，像發現一條毒蛇似的驚叫起來：

「小禍害，這時候還帶著這個做什麼，如果萬一被他們看見了，你還能說不是那匹馬的主人嗎？」她捏起那根鞭子走出去了，我也沒有勇氣詢問她要扔在什麼地方。

一鉤上弦月，不知什麼時候已照上了窗櫺，慘白得如同紙剪的，村中有稀疏的槍聲，遠處更不時傳來斷續的夜鳩啼喚，我又惦念起那栗色的愛馬，在高粱田的露水下，牠是否覺得淒冷呢？……忽然，暗黑的夜空被熊熊的火光燒紅了，一條條黑龍似的煙柱升騰起來，那鉤慘白的月亮不知是躲藏起來了，還是被燃成灰燼了，已消失得無影無蹤。

祖父向窗外探首而望，他嘆息著：

「但願天保佑，著火的不是我們的宅子……。」

那個老婦人幽靈似的悄悄走進來，她嗄聲的向祖父低語：

「你家的房子被土匪燒了。」

祖父嗒然的低垂下頭，在微弱的燈影裡，我看到淚珠流到他的消瘦的頰邊，他像是在自語：

「可嘆，那房子還是我們的祖先留下來的。」

懵懂無知的我，頭一歪卻睡倒在祖父的身邊，睜開眼睛，黎明的銀光，已浸透了窗紙，只見長工老李頭髮蓬亂的叫嚷著衝了進來：

「老爺子，賊走了，我們家的房子燒掉了一半，幸虧昨晚的風不大，只東邊幾間廂房燒光了，火起時，我斗著膽子跑了進去，把神主匣子搶了出來，放在對門王家了。才慘呢，我家養的那幾隻大肥鵝也被他們殺著吃了，你老人家趕快回去看看吧。」

「回去不見得安全吧，他們會不會再來呢？」祖父在遲疑著。

「不會再來了吧，村裡不知哪裡傳來的訊兒，說是直奉戰爭中潰退下來的李督辦的兵也許要自我們村中經過，只要供應茶水就好了，沒有什麼了不起的。」

老李說著，將我輕輕的一舉，揹在身後，一隻手又去攙扶祖父：

「回家去吧！」

我伏在他的脖頸上：

「老李，咱們的馬『栗子』呢？」

他咯咯的爽朗的笑了起來：

「你放心好了，哥兒，我的兄弟在田裡餵牠草呢，水也沒短著牠的。一會兒咱們就把牠牽回來，你騎著，到村外去跑個圈兒，散散悶氣。」

祖父自衣袋中掏出了幾塊銀洋，道謝了劉姓的老婦人，我們便跨出那低矮的柴門。

劫後村中的清晨，仍是那麼可愛，那片棗樹依然吐放著細碎的小花，在露水下閃爍著一片青碧。同村一些出去避難的人，陸續自外面回來了，大家都以含淚的眼睛相望著，彷彿自一場噩夢中醒來。

我家的院牆，只餘了焦黑的半截，一株無恙的老柳樹探出了身子，我不禁嚎啕大哭起來。

老李掏出他那粗布的帕子，頻頻為我拭著眼淚：

「哥兒別哭，你哭，爺爺就更傷心了。等到那打直奉戰的李景林督辦的兵來了，我們就不怕了。」說著他遙指著村前一小隊蠕動的黑影：

「看哪，那不是來了。」

祖父蹣跚的走了上去，他向那一支兵隊深深一揖，道了辛苦，他更絮絮的向他們訴說著遭匪劫的經過，請他們為我家申怨。這時候，我卻興高采烈的拉著老李逕向高粱地去找那匹馬了。

當我滿懷抱著餵馬的青草，興沖沖的跟在栗色馬的後面，走向那敗瓦殘垣的家宅時，只見那一小隊兵正坐在我家門前的長凳上喝茶。其中有一個細長個子的，見了那匹馬便驀的站了起來，面上閃著喜悅的光輝，他以手輕輕的拍撫著馬背：

「好漂亮的一匹駿馬。」

我站在一旁誇耀的說：

「是我的馬，爺爺為我買的，他要我做個小騎兵哩。」

那人不言語，仍繼續撫摸著那匹馬，他的面色突然變得沉鬱而可怕了：

「這分明是我們走失的一匹戰馬！」

老李機警的趕快駁他：

「總爺，這馬是我們哥兒的，你是和我們鄉下人開玩笑吧，我們餵養牠快一年了，村子的人都知道。」

「閉嘴！」那人說著舉起他的槍來，我看到是一枝土槍，我囁嚅著：

「馬兒是我的，牠是栗子色的，我們都叫牠栗子。」

祖父先是惶惑的在一旁觀望著，末了，他忍不住了以極溫和的調子說：

「總爺，我看就那麼辦，我們用鞭子抽撻這馬幾下，如果牠向我的門口走去，就是我家的，不然的話，就算是你們的。」

那個身材細長的潰兵，冷酷的點點頭：

「也好。」

嗖嗖幾聲，祖父揮起了那長長的鞭子，我不禁心跳著在旁邊唸叨：

「栗子，栗子，回家去呀！」

多感人的情景呵，那匹可愛的馬兒引頸嘯鳴了兩聲，一溜煙的躥進了我們那遭過火焚的傾斜的門楹。祖父高興的咬著他那枝旱菸管，老李望著那個潰兵發出了嘲弄的微笑，我則跑進院子，把馬拉在手裡，親暱的以面頰貼著溫熱的馬腹，我輕輕的向牠說：

「栗子，可愛的栗子！」我看到馬兒向我眨動著牠晶亮的眼睛，似乎也要流淚了，牠好像在說：

「小主人，我是捨不得離開你們的。」

但我驀的被一隻瘦嶙嶙的大手推搡開了，那個細長身材的潰兵一躍上馬，當他才抽出一把短刀預備向馬臀刺去，催促牠快跑時，我聽見祖父在旁邊嘆息著：

「唉，如果那個綽號『沒耳朵』的搶匪頭兒來了，他也不會硬搶我們的馬呀，我聽說他是一個俠義的漢子呢，可嘆你們卻……。」

祖父的話還沒有說完，一個奇蹟卻出現了，馬背上的人受了魔咒似的跳了下來，他因為內心激動，面部的肌肉似也在抽搐了，兩撇濃黑的眉毛下，那雙深沉的眼睛，射發出那麼感人的光芒，他緩緩的走到祖父面前，把馬韁繩塞在他的手中：

「老先生，我送還你的馬，我真是太下流了，不該喬裝軍閥的潰兵來騙你們自田中牽回了馬，昨夜，也是我的弟兄們幹的事，……你的話，感動了我……。」他並沒有流淚，但是他的言語卻比眼淚更激動人。

祖父怔怔的望著他：

「啊，你是……。」

那個人並不言語，只慢慢的拉下了他那歪戴在一邊的帽子，我們這才看清楚，他穿了一身黑色的緊身衣，整齊、利落、瀟灑。他左邊的一隻耳朵，是沒有了的。

文苑

——一個學生們編的刊物

想起來已經是十多年前的事了，那時我剛考入古城的一所教會學校——輔仁，一年級的課程比較清閒，時間便都在看小說織毛線中消度過去，正好那時有幾個愛好寫作的同學，組織了一個文藝座談會，邀社會系一位姓唐的女同學和我參加，我們覺得這是一個很有意義的課外活動，便毫不猶豫的加入了。

古城文津街的國立圖書館前的花圃，是一片極其清麗幽靜的小天地，蒙茸如絲的碧草上，放置著石桌石凳，花葉交織成的精緻圖案，色素淡淡的散佈石上，我們便挑選了這裡作為座談的場所。記得第一次研討的題目是「哈代小說中的宿命論」，這本是一個極其膚淺的題目，但幾人居然發言踴躍，情緒熱烈，談得津津有味。此刻憶起，不免失笑，但也深深感覺到：幼稚與無知，實在也是一宗幸福。

後來，這個小小的文藝團體，竟擴展到故都城外，海甸燕京大學的一些文友，也做了我們那文藝座談會的會員。每逢一個月最後的週末，大家聚晤，談來談去，都深感自日偽侵占之後，北方的文藝界是一片荒涼，為了激發同學們的愛國心志，更為了鍛鍊自己的寫作技巧，實有創辦一個文藝刊物的必要，這也是在那時代的腥風血雨之中，為文藝保持一片乾淨土的唯一辦法。一些年輕的孩子們，性急心熱，說做就做，沒討論幾次，這辦刊物的計畫便接近成熟，只是刊物的名字，卻煞費躊躇，最後決定用「文苑」這個亦典雅亦通俗的名字。名稱既定，便是稿件及印刷的問題了，當時計劃分別向燕京及輔仁兩校的教授及同學徵稿，此外，每個發起人都要搜索枯腸，各交「得意之作」一篇，同時更要搜索一下各人的荷包，作為刊物的印刷費。計議既定，大家分頭努力，不久，稿件都齊了，內容雖說不上是多麼完美，卻有幾篇極富學術價值的文章，記得其中一篇是一位姓劉的教授寫的〈老殘遊記補闕〉，那位作者本來是《老殘遊記》的作者劉鐵雲的後代，所以他這篇作品的資料，極其信實可靠。另外，更有一位美國教授謝迪克寫的〈一外國人眼中的老殘遊記〉（這位教授是燕大外文系的，珍珠港事變發生後，被日軍拘囚，每日唯砍木柴，讀中國的《文心雕龍》自娛，他是熱愛中國文化的）。當時為《文苑》創刊號寫稿的，還有中法大學的幾位教授和輔仁的儲皖峰、余嘉錫教授等，可以說在古城中一些有風骨氣節的學者作家們，都為我們羅致來了。

那時日本也掛著提倡文藝的幌子，希望藉了一些低級趣味的作品，以遮掩他們刺刀下的一片血跡與啼痕，一些忠愛國族的青年人，都不願給他們寫稿，更不屑去購讀。《文苑》出版後，以內容純淨，態度謹嚴，立即博得讀者們的讚譽，這個小刊物竟儼然成了文壇上一顆發光的星子，使我們幾個創辦人大為興奮。但是，連帶也發生了一個小小的問題：《文苑》是一個十六開本厚達五百多頁的刊物，為了爭取讀者，書價定得極低，而我們又不願刊載商業性的廣告，使刊物顯得駁雜凌亂，這麼一來，書出後便收不回成本，印刷費幾乎期期都鬧恐慌，創刊號的印刷費原是由我們幾個人量力捐出的，更有一部分是由同情、贊助我們的教授慨解義囊，但在淪陷期間，大家的生活皆極清苦，捐款的辦法絕非長久之計，後來，輔大當局看到這個刊物，還有繼續存在的價值，更為我們的慘淡經營的苦況所感動，決定由校方擔負印費，刊物也就變成正式的校刊，易名為《輔仁文苑》，仍接受各私立大學師生的文稿，每三個月出版一次，後來雖為了不得已的原因而停刊，中間卻從未脫期過。經費的困難解除了，幾個人的精神格外振奮，每逢集稿的日期，便在學校的寬敞會客室或點綴著黃葉蒼苔的校園一角，開一個編輯會議，由每人輪流作東——一包北地的特產脆棗、幾兩甘草花生同「瓜子大王」，邊吃邊談，有時為了一個古怪的文句而縱聲大笑，有時因了一篇文章的去取而爭得面紅耳赤，我們的見解容或不一致，但有一個基本的共同原則，那是：盡力保持刊物內容的純潔與崇高，使它在文藝以外，更富有愛國抗敵的精神與意蘊。

第二年，學校當局更撥了一間原住單身教職員的屋子給《輔仁文苑》社，作為編輯室。猶記得那是舊式的建築，窗門都是雕刻的木槅，上面糊著白紙，深冬黃昏，幾個人啜飲著熱茶，閱讀來稿，耳邊聽到窗紙在風中拍拍作響，如同歸鳥振翅，覺得別有一種情調。有了這個據點，我們不必再為「編輯桌無處放」而發愁，大家一高興，精神更是振作，刊物的內容，也逐漸有了進步。學生們的刊物當然說不上好，但內容卻益趨堅實，所載的文章中，字裡行間更時時流露出濃重的反對敵偽的色彩與意識，一些青年讀者們，為此更對這刊物格外愛護了。銷路漸由北平而推展到津沽、唐山一帶，那一股由文藝推動的愛國熱浪，更激濺在每個讀者的心靈深處，這對我們是最寶貴的精神報酬，幾個人越編越勇，常常為了編寫的事而廢寢忘食。等到書印好了以後，大家又忙著包裝、寄遞，並分送到每個學校的代銷處，有時頭上頂著一輪炎熱的太陽，有時踏著寸厚的積雪，奔走於古城的街衢，不以為苦，反覺此中有無限的樂趣。

但是好景不常，當這個刊物進入第三個年頭時，卻遭到厄運。一天，由周作人主持的偽教育督辦總署，給《輔仁文苑》社來了一紙公文，大意是說，這個刊物辦得還不錯，「總」署每刊擬給若干津貼。並且要我們每個編輯人填具姓名、籍貫，以及三代宗親的名字到「總署」去「登記」。我們接到了這個文件，個個氣憤不已，我們這個純潔的刊物，怎能接受這筆骯髒錢而弄得一身汙垢呢？幾個人商量之下，決定來個無言的抗議：停刊！至於對那一紙煌煌的公文的處理辦法，則是送它到爐中「火葬」，給他來個相應不理，這給了周作人的「教育督辦總署」一個「沒面子」，也是對這些文奸們的一大諷刺與挑戰。

事隔多日，他們見消息沉沉，乃又給我們幾個人送來聘書，畀以日偽所辦一個文藝刊物的「編委」名義，還想再對這幾個倔強的學生加以籠絡，我們也照樣的將這幾張聘書送進了火爐，看到那跳動的火舌，吞噬了那幾張慘白的厚紙，我們的臉上，都展現出嘲弄的笑容，但同時，也流下了悲憤的眼淚！

燒完了幾張「聘書」以後，面孔紅撲撲的走出《文苑》編輯室那間小屋，迎面遇到我們的系主任英千里先生，幾個人爭先恐後的向他低訴出這一段經過。英先生，平素是極力支持我們那刊物的，他聽了我們的報告也十分激動，在那轉角的牆根處，他親切的囑告我們說：「小心點吧，孩子們，你們已引起他們的注意了。」

那以後不久，我們偶而離校外出，即常發覺有個灰衣人暗地跟蹤著。修畢了四年的課程後，雖僥倖獲得入母校研究所深造的機會，但那北國鬼蜮的世界，我已無意停留，我日日渴望著到自由祖國的藍空下呼吸幾口新鮮的空氣。不久，我即間關入蜀，途中聽到母校許多師友遭受敵偽的逮捕，鋃鐺入獄，其中有幾位是同情、資助過《文苑》的，也有的是直接主持過那季刊的編務的，抗戰勝利後，我又回到北平，曾到處尋覓那個刊物，得知荷蘭籍的輔大教務長胡魯士神父，還保留了全份的，我乃向他借來，燈下展卷，字句間似依稀閃現著少年時的笑影淚痕，重讀之下，似又回到昔日的窗下，聽到查夜修女的衣裙綷縩，與那溫和的責備，伴了清脆的叩敲玻璃之聲：「不要寫了，收拾起你的蠟燭！」我慶幸那一段的時光，能夠在紙上留下了痕跡，後來，胡神父遄返他的祖國，將那一套全份的《輔仁文苑》也放在他的行囊裡，可見他對這中國學生所辦的不成熟刊物相當重視，我想，那完全不由於刊物的本身，而是因了那一疊紙張所代表的，是敵騎縱橫的淪陷區中，幾個年輕的學生引吭合唱的一支愛國的曲子。我們那個小刊物，壽命不過兩年半，前後也僅出了十期，竟得免遭大陸上共匪的秦火，而在風光明麗的海國水鄉荷蘭存留下來，不能不說是它的幸運了。

與菁菁談寫作

清晨，門窗都被霧封住了，菁菁拿著一大把水松同一捲紙走了來，背了窗子坐下，圓圓的小臉上，似乎也罩著一層薄霧，這孩子說要開始走文藝的路子，提出了幾個有關的問題，立刻，我覺得窗前的影子正是十多年前的我——那時候，我心中一樣的充滿了對文藝的熱情，到處尋覓著那把神祕的鑰匙。如今又有個孩子走上這條尋覓的路子了。

但是，我能告訴她嗎，說我迄未找到那把鑰匙，和許多喜愛文藝的人的命運一樣，依然徘徊於那莊嚴的門前。

我當時感觸深深，只依據著她的問題，所答非所問的說了下去：

「關於為藝術而藝術，抑是為人生而藝術，已是一個不值得討論的問題了，我們不能說藝術應附屬於人生，或是人生應附屬於藝術，而應該說二者是互相依附，互相追隨的，一個人為了他的藝術而自人海中找尋材料，目的在於將一切化成美的，並使人類自其中汲取，所以，這實在是個巧妙的環。

「說到寫作的天才，這是很難說的，有人將天才解釋為一種特殊的心智，有人解釋為一種格外豐富的想像力，有個作家說：『越是一個藝術家，他之鑄造人物或是事物，越富想像。』但是，我們以為一個偉大的天才作家的特徵，不全在這裡，卻在於他不只能表現，且能了解人生的意義。也許，一個作家可以像佛羅貝一樣，以生物學者的觀點，用冷靜的目光與心智來處理、來對待他的主角；也許，一個作者可以像莫泊桑，既無愛惡又無同情的描繪人生，看人間喜劇如觀小丑跳舞，看人間悲劇如路人觀望送葬的行列，這樣，他或可成為一位精湛的藝術家，卻絕不能是偉大的天才，一個稱得起是天才的作家，怎能夠對人間的悲喜無動於衷呢？

「決定一個作家的條件，在於他心靈的高貴抑或猥瑣、博大抑或狹小。如果他的心靈，因充滿了生命與愛而擴大、而豐富、而美麗，如同繁花壓枝的樹，這便近似羅曼羅蘭的藝術觀了。為了寫出雄偉的作品，你應以目前為準備的階段，當你的胸襟開擴，能以人間的喜樂為喜樂、悲哀為悲哀的時候，才可以動筆。而在把作品送向讀者以前，應先問自己心底儲藏了一些什麼，更能將它們表現到什麼程度，更要問問這枝頑皮的筆桿能否聽你的調度？

「我們常常看到古今中外有一些作品，可以悅人，可以消愁解悶，此外再也沒有什麼了，既不能使人對生命窺探得更深一些，又不能提高了生之意志，使人更堅強的活了下去，相反的，讀者蓬勃的生命力卻被其削弱了。這類作品，也必不能長存，含蘊其中的毒汁，侵蝕了讀者，亦將侵蝕其自己的篇頁。

「一本傑作能使讀者充滿了高貴、虔敬與美的情操。像小仲馬所著的《茶花女》，也許有人認為只是哀感頑豔的言情故事，而忽略其重點

——作者藉了主角瑪格瑞特對愛情的看法與作法，寫出了愛情的高貴定義。一般的讀者也許只看到了它抒情的部分，而忽略其高貴性之所在，使作者的苦心，竟成妄費，所以，一個讀者，也應訓練自己，能以一顆偉大的心來迎接另一顆偉大的心。

「文學的路子是艱苦的，遠望是一片綺麗，走上去卻是崎嶇難行，沒有人認為這是一條平坦如鏡面的道路，除非他是走錯了。你也許注意到一些作家身後的炫赫榮名，而未想到他生前如秋蟲一般，在幽暗露冷的一角，獨自苦吟。凡是把寫作看成玩票的，也許作品一時間閃爍著虛偽的光芒，但時辰一到，卻如秋樹一般遭逢搖落，永無人再去追拾那些葉片了。像英國的約翰·李利，作品曾邀得帝王的激賞，其文體確曾風靡一時，而如今讀世界名著的人，誰又想得起他來呢？時代本無情，讀者更善忘！

「印刷術越發達，世界上的出版品也越來越多了，但卻儘不必為圖書館及讀者擔心，造物比任何人都智慧，在作品的海裡，它撒下了大網，被網住了的，並不是幸運的，還要受一番大篩子的篩，直到最後，只剩了那僅有的幾本，像金鋼鑽一般，永嵌在文學史中，發出永恆的光輝。像莎士比亞，像歌德，便是那永存的幸運兒了。

「但那幸運並非倖致的，因為這幾個作家聰明到在作品中用了防腐劑，而這防腐劑是以其整個生命的精華提煉成的。摻進一點虛榮，一點功利，這防腐劑便將失其效用了。

「在提筆時你已具備了聖者的精神嗎？你有為愛而獻身的勇氣嗎？你能為了對人類的大愛而熾燃到身心俱焚的程度嗎？你執筆時能嚴正的發出良心的呼喚嗎？你能忍耐一切的痛苦、寂寞而孕育你那顆晶瑩的貝珠——永恆之作嗎？」

我看見菁菁的頭抬了起來，眼睛裡飽和著淚水，默默的走近我，緊緊的握住我的手，我們的目光，都落在那座古銅的文藝之神塑像上，一曲無聲的讚美之歌，自我們相遇的靈魂中唱了出來。

愛與死

友人文柏上週山坡墜馬，傷重逝世。今午大家為他送葬回來，檢視遺物，枕下有一本日記，封面上潦草的寫了幾字，註明要我同琛保存。我坐在窗前，掀開了篇頁，其中只不連貫的記了幾頁，都是為了一個女孩子而寫的，我覺著應該保存這本日記的是她，和朋友商議的結果，由我將這日記抄寫一份，由我和琛保留那抄本，而將那日記設法交給那個女孩子，這雖違背了亡友的囑語，卻是處理這份心聲紀錄的最好辦法。我遂一邊含淚重讀著這情感上的文獻，一邊抄寫了下去：

我是深深的陷入情感的沼澤中了。

自一開始，我就知道這將是一幕不可避免的悲劇，只有將這份深情，嚴密的鎖在沉默裡。但是，愛的本身像是螢火，它是帶翼而有光的，世間沒有東西能封藏住它。儘管在言語文字的表達上，我們是無比的吝嗇，但是情感的本身，它不仰賴於任何語句的表現，這無言的愛情，輕輕的在我們的心扉間振翅，什麼力量能阻止它的飛進？愛是比語言比一切更美，更為有力。

一想起了她，我像是在幽暗的雨夜看到了曉明星的閃爍；我像是一道細弱的溪水，歸向那一片海洋的蔚藍，但是，我沒有勇氣去輕叩她的門環。即使路上相遇，我也怯怯的成為瘖啞的弦琴，發不出微聲。我甚至於沒有勇氣去向她那明燦的眸子探詢消息，唯恐發現潴存其中的愛意退淺。我幾乎不敢仰起臉來，接受她銳利目光的無語窺測，為了我怯於使她知道：泛濫的愛情已溢滿我靈魂的窗口。呵，只有我自己知道我的愛情有多深，超過葡萄牙的海灣，我寧願無言的在其中沉船、自溺。她呢，即使靜靜的不曾說過什麼，但我知道這充滿了愛與美的靈魂是朝向著我的，是以我做為太陽的，由那次在宴會中她對我的簡單談話、淡淡的微笑，我即知道了，空氣中另有一種以太，幫助她說明了這一點。呵，我的迦太基的女王載杜 Dido！你不需要向我說什麼，我已知道你日日坐在火炬之中，忍受著自焚的煎熬，你曾經寄給了我一張白色的無字箋紙，我明白它的全部意蘊。我們的崇高情感，也將如這張箋紙，不著一跡，卻描繪著情感圖畫的全部！……但我們已理智的看到了這悲劇意味的愛的終站，只默默的，默默的如兩顆星子般的相望著，這人人無法縮短的永恆距離呵！

我一日日的將自己關在屋子裡，免得出去又會遇到她上班下班。但是思念卻如一片雲，輕輕的縈繞著一個天使的足邊。愛情使我無語微笑，又使我泫然欲泣，它如同柔風一般吹綠了我的生命草，更如三月的陽光一般，吻燃了我心中的火炬，它使我抑鬱的靈魂充滿了生氣，但在現實的風雪之中，這或將是一段夭折的春光。

這份無言之愛是太美了，但也太苦人了。但又有什麼辦法，就生活在這種痛苦中吧，痛苦會使這愛情的定義更為高貴莊嚴，我願意擁抱住這份痛苦，如同早春的玫瑰將一顆冰冷的露珠深藏。我始終認為，心中痛苦的人比心中空虛的人更幸福一些，痛苦使我心靈跳動，使我意識到自己是在活著，我寫了一首小詩，正足以表現我絕望的心情：

曙光的足踝上
繫著金色的鈴子，
它輕輕的循著綠徑走了來，
看見我坐在小園的一角，
嘆息著，唱著自己的歌
用夢幻的絲線穿綴花環，
「休息一會兒吧，人。」

「不，在日午以前，
我要將朵朵緋色的愛
套上她的心。」

暮色的前額上
飾著星光的纓繐，
它悄悄的繞過柱廊走了來，
看見我坐在古殿前
哭泣著，唱著自己的歌，
用褪色的絲線穿綴項鍊，
「休息一會兒吧，人。」
「不，在入夜以前，
我要以一串透明的珊瑚淚珠，
獻給她的心。」

我的內心，近來更陷於極大的矛盾，多少次，我想告訴她我對她的愛情，但我想像著她會回答我：「我們不相同的地方太多了。何況，我們中間又隔了這麼多可見的同不可見的牆垣。」我真想對她講：愛情已消除了我們的一切歧異，它已神奇的裝飾了我們，使我們和它一樣的美，也使我和你完全一樣，何必更用俗世的標準來衡量？兩個相愛的人，他們的心是一樣高，和愛情一樣的高。什麼又是橫隔在我們中間的牆垣呢？愛的翅膀是可以騰越過一切的。但是我又似看到她低垂下頭，以那樣淒楚的聲音說：「我想起一個作家說過的話：『神同意的，人不同意；人同意的，神不同意。』那還有什麼再需要說明的呢，放棄了這份悲劇的情感吧！」

我清醒了過來，原是我一個人在那裡自問自答，實際上，我已好多天不曾見到她了，我們正被那重重的不可見的城垣隔著，隔著……，唉，多麼濃的霧，多麼高而厚的牆垣，遮障在我們中間。

這幾日，精神上更陷於極度的恍惚，只靠了讀書、練字來收斂自己、鎮定自己，偶而在一本書上讀到幾句話：「世界上的一切，如同流水，都要流過去的，連我自己也不能長存。」這幾句話的意思和一個波斯詩人：「來如流水去如風」的詩句正相吻合。是的，一切都要過去的，連這份刻骨鏤心的痛苦也會過去的。如此一想，心中頓覺輕快了許多，……但是，理智的冷雨雖然已使情感的熱度低降，我的愛，我的淚，卻早已因思念她而開放了花朵，呵，願這些花片繽紛於她夢中的小徑上……。

我逗留此地，將無計斬斷情感的亂絲，我決定到另外的地方去，遠遠的走開，再也不看到她，再也看不到她那茫然的、悲哀的目光，黯淡的神色，再也看不到她為了愛而受苦。記得有人說過「真正的愛情，有時在於能割捨所愛」。那麼，就讓我割捨了它吧，但是，當我努力試著折斷心中這一株愛情的白玫瑰時，我的心在流血了，流吧，為了崇高的愛而負傷流血是值得的。

我今天去看她，和她告別，這也許是我今生和她最後的訣別了，我知道以後絕少相見的機緣。見了她，未及我說明，她似已預知了我的來意——在愛情當中的人，原是格外敏感的——她站在窗的樹蔭裡，在她的臉上，分不清哪是枝葉的影子，哪是憂鬱的影子。聽到我遠行的消息後，她像是費了很大的力氣才吐出了幾個字：「你要走嗎？那是好事情。」儘管她力自抑制，在那微弱顫抖的聲音裡，我聽到愛的追逸曲 fugue 在迴環。語聲是悲苦的，但她的脣邊卻展現著一絲微笑，這經過了笑容巧妙化裝的悲哀呵！末了，她問我需要什麼，她願意送給我做為紀念，我懷著無限的感激與傷心囁嚅著：「謝謝你，我不需要什麼，再見了。」我匆匆的走了出來，我下意識的感到她呆呆的立在石階上，像是一座雕像，我不敢想像她在那裡站立了多久，呵，我是沒有勇氣再回過頭去了……。

我來到了×城，這兒距我以前住的地方，有幾千里路，想去尋覓她，夢中也會迷失了道路。這裡不像×城，終年少風雨，四季之中，明麗的太陽朗照，到處有炫麗的色彩，這地方，倒很像法國的西郊。為了收斂自己的心神，我開始著手採集一些植物標本，尤其是一些隱花類的植物，那工作我曾繼續了幾年，卻又中輟，如今想再繼續下去，置身於綠色的大自然的國度，尋回我失去了的平靜。我住處的附近多隰地，那一類植物同苔蘚是相當多的，我有時將大半天的光陰都消度在那裡，當我夕陽影中踱回住處時，我常常想起英國的散文家吉辛的話：「我如果總這麼遲回，也無人擔憂著急。」多麼淒涼的句子！我一回到那間小屋，洗淨了手上的泥土，將屋子向南的窗子打開，我心靈的窗子也立刻開啟了，一個人影，嵌在裡面，她向我招手，更向我微笑，我才意識到，我並未忘了她。入夜，我燃著了蠟燭，將那採集的植物加以分類，但那亭亭的燭影，使我更想起了她，我頓覺中心惶亂無主，呵，愛而不見，搔首踟躕，這隔絕的愛，已使我受盡了苦刑，我雖然不是個有宗教信仰的人，但是，為了怕減損那無形的、精神上的花冠，我制止自己不去編織地上的花環，有意的摒棄那世俗與傳統的桎梏所遏止的愛。為了這，那冥冥中的神祇也應賜我慰安，但何以我的心仍如此的擾亂不寧？我覺得自己是一枝生長在河畔的蘆葦，受了痛苦的砍削與剔剖，如今已成為一枝玲瓏的笛子，但是缺少了愛情的吹息，它是不能成聲的，我將這枝笛獻到造物的手中……。

愛情在我的心上曾一度如海潮的奔騰，
又似夜鶯般的斂翼，
終於將如彩虹的一閃，
抹去了那一段傷心的消息。

我禱求，任著昨日的戀情如一片花飛，再去製造另一個春天吧，但是心呵，你又為何擾亂不寧？

我聽從了友人們的勸告，決定過一段狩獵的生活，那也許會對我的身心有益，我寫信給母親，請她給我買一匹馬，由水路帶來，×地是出產名馬的，我希望未來一段林中馳馬的生活，會使我忘去了煩惱。

母親真愛我，為我買了那樣一匹好馬。通體白色，鬃尾上的毛如銀絲。昨天一日，我全在馬背上度過了，我曾策馬涉過那一道溪水，在溪底透明的卵石上踏過，冰涼的水珠濺滿了我的全身。後來我又在陡峭的山坡上疾馳，衝過那一片濃密的樺樹林，看著那碧綠的行列在我的身邊向後退移，一陣微風起自我的袖袂，一些葉片在顫搖著，似是敬禮我這未來的騎士，我更穿過一段幽靜的山坡，一切寂然，只有清圓的鳥聲盈耳，……但我在馬上的狂奔疾馳，並未能使我渾忘了一切，不論我朝著哪個方向而行，我的心靈總是向了她馳去，愛情如同風，而我則是那片風中的雲朵……。

朋友們曾勸告過我，我學騎未久，又不諳此馬的性情，這樣一天在山坡上騎馬疾馳，必會有危險的……，但是，我的心情煩躁，我不耐攬轡徐行。奔馳吧，奔馳吧——奔馳在我夢中的道路上，只當天邊那片微雲，便是她的映影。……母親處我還未曾寫信去，馬已經運到五天了……，明天一定要寫信去了。

日記到這裡便未曾繼續下去，看看日子正是他墜馬的前一天，我闔上了那本日記，裡面並沒有什麼動人的情節，只是錯綜的心理一幅寫生畫，我未曾想到文柏在愛情上受到如許的煎熬，這份戀情是美的，但也是苦人的，確如他在日記中所說。我轉眼望著窗外，枝頭在悄悄的散落著昨日的花朵，落花無聲的飛在地上，殷紅如血，如同默默的結束的情感悲劇。……這時，房門開處，齡進來了，他是文柏最知心的友人，自文柏受傷後他一直就住在這裡。他手中拿著一封信，神情惶亂的對我說：

「文柏的老太太給他來了信，這該如何回覆她並安慰她老人家呢？

文柏的死訊，還一直瞞著，伯她傷心。」

我打開了那封信，其中洋溢著慈母的深情，老太太在函中問到他的馬運到沒有，喜歡不喜歡那馬的毛色，更說到知道他的心情不好，希望他有良馬為伴，精神會振奮一些……。信末更殷勤囑告他趕快寫封信回去。

我將那封信摺疊起來，放在文柏遺像的前面，我和齡面面相覷，不知道如何給那位愛子心切的老太太寫回信，……如果她知道愛兒是因墜馬受傷致死……，該是如何的難過？

窗外，雨聲更急，馬在廄裡悲鳴著……。

女詩人和舟子

前記：

據文學史的記載，古希臘女詩人莎芙 (Sappho) 曾失戀於船夫法昂 (Phaon)，後羅馬詩人渥維德 (Ovid) 曾據此事實並借助想像力，代莎芙寫了一封極其動人的信給法昂，題為「擬情書」。今濡筆試代法昂寫給莎芙一信，說明其絕裾而去的原因，並擬一莎芙的覆函。寫此文時曾參考過有關希臘史地的書籍，但字句皆係臆造，同時假定法昂是一個讀過書懂得詩的舟子。

一、法昂寄莎茀書

親愛的莎茀：

隔了蒼茫的煙水，我似聽到你一聲聲熱切的呼喚，清淚濡溼了我的眼睛。我心中感到痛楚，我愛你，但卻不能不離開你，這個，也許是你所不了解的——除了深摯的愛情以外，我們兩人中間沒有一點是相同的，我常常懷疑，你何以竟自詩神巍峨的宮殿，垂青於我這個單純的水手？雖然我也曾讀過一點書，懂得一點音樂，但立在你逼人的光彩下，那顯得是何等可憐呵！

澄清的愛琴海 (Egee) 上，瀲灩的波光，是你的文采，波納比倫山上，繽紛的草花，是對你的讚美，以後千萬年代，人們心靈的豎琴，將回響著你的動人的樂章，而我呢，一個終日在海潮中投竿弄艇的人，卑微的生命，只寫上那一片逝水，我是一隻羽色黯淡的禽鳥，貧乏得沒有一片炫麗的翎毛！

我知道你是衷心的愛著我，但是，神賦給你的，千萬倍於我，人們皆覺得你是屈辱自己而俯身賜予我愛情，這個使我一想起來便要瘋狂，多可怕的嘲笑！雖然你高貴的心中絕不如此想，你不知世人的揶揄是多麼鋒利的刺痛了我的心，我們畢竟還得生活在人間，我不能躲避過那些射來的箭鏃，別了，莎茀，即使你會認為我是個弱者！

和你在一起，聽到人們對你的阿諛，我感到羞愧，我覺得自己是一隻失去笙簧的啞鳥，陪伴著一隻善歌的夜鶯，你的歌喉婉轉，只更顯出我的笨拙，雖然你一再說明：那些歌是為了我而唱的，但實際上聽到的，卻絕非我一人呵。至於在我的心靈深處呢，卻永遠唱著一支無聲的歌曲，那是為了你而譜的心聲，我嫉妒那些讀到你的詩句的人。我要的是一個平凡的愛人的純樸的微笑，勝過一隻會寫詩的手，呵，親愛的莎茀，你為什麼不生成是一個凡庸的女孩子呢？詩神為什麼在我遇到你以前而選擇了你，先我而入據你的心靈？雖然這並不是你的過失，但卻使我時而恚恨，時而憤怒，多少次，我要掙斷了這柔韌的繩索，卻被你格外溫存的注視與聲音所阻止了。呵，我不甘心侍立在你與詩神之側，像一個隨從，我要做我的愛者的主人，但這企圖是愚昧的呵，你永不會為了我而棄絕了詩神！當他來臨的辰光，你便會完全忽略了我，在詩神的高貴的身影中，你不再記起我這胼手胝足的粗獷的水手了，呵，我如何能夠忍耐下去呢？

你仍然鑄造你不朽的詩篇吧，我們希臘人一向的傳統是：男孩子們跛足者做鐵匠，盲目者做歌人，我是生而貧窮卻身手矯健的，你任我去過我的船夫生活，與海洋搏鬥吧。那向我跳躑喧呼的海浪，才是我最真摯的愛人呵，它永不會冷淡我！我要划著我的帆船，回到愛琴海上。

海呵，可愛極了，它有時波平如鏡，像一匹軟綢，舒展於那蟒綠的海灣。它有時會熱烈的來表現它的激情，當狂風自馬其頓群山吹了來，海浪排空，如同長牆一般，將我封鎖起來，我欣賞它多變化的美。當日光消隱，星影顫搖時，風便靜止了，海更呈現出異樣的嫻靜，細碎的濤音，為我描畫出遠方停泊碼頭的恬美風光，大海的音樂，比人間的詩歌壯麗得多了，莎茀，我去了，我奔向大海，為了應答它的呼喚。

海，我的永恆的戀人，它是多麼的美呵，又豈是錮閉在院牆中的你所能知道的呢，你怎能想像出我的去處——海上的風光之美：

「當步履迅速的輝煌太陽，走畢了它一日的行程，將近薄暮的時候，將他的箭筒放在紫色的雲堆之上，迄翌日曙光初露之時，他又自玫瑰色的雲幕間取出，重新進行他勝利的前程。」朝晨，太陽將它萬千枝金箭，投向海面，光輝燦爛至不可逼視，莎茀呵，我要做太陽之子，光明而勇敢，我不願躲在陰影裡，使生命成為一片晦暗，我不願我站在你身旁的影子為詩神的衣裾所掩，還回我靈魂的自由吧，海的對岸青峰矗立，橄欖茂密，澄碧的天宇下，藍色的影翳遮覆著白色的小屋，它們似都在向我招手呢。

親愛的莎茀呵，讀至此處，知我去志已決，你傷心嗎，你流淚嗎，你怨責我的薄倖嗎？我記得我曾向你要求過多少次了——拋棄了你已有的一切，跟隨著我前來，越過泰拉山附近那些新月形的丘陵，以野橄欖樹為樑木，搬大塊的山石建築我們的屋子，以白土及陶土的瓶子汲水，以新鮮的麥、豌豆與乳酪做我們的食品，綿延的群山、森林、山坡，都做了我們生活的美好背景，同時，我們更可用橡樹做一隻新的船，晴美的天氣，合力執槳，泛向一片蒼茫，則水與地都成了一張張的詩頁，你可以任意題詠，那麼你所抒寫的當不止於是一些呆板而無生氣的題材了。但是你是固執的，你不肯，你留戀你已有的，而不願迎接一個新的生活，我無法與你相偕，所以最後終於決定獨自浮家泛宅海上飄泊。

但我感謝你給予我的那些快樂的辰光，你那高貴而純潔的友情的施予，這些回憶已使我永遠感到溫馨。我沒有勇氣來到你的面前向你告別，唯恐你那富有魔力的柔聲會粉碎了我的意志，我寫了這一封信託一個上岸的水手帶給你，滿載著我的感謝、愛與眼淚！

船兒再過幾分鐘就要啟棹了，我將長依教育我訓練我的海洋，不再回來，莎茀，莫傷感吧，在我的心中，你仍然占有著最崇高的位置，如同你在一篇詩中所寫的——你是最高枝上的一枚蘋果——如是的，你的影子，永遠美麗的點綴我生命的枝柯。

願溫美的回憶長久籠罩著我們，在它的光影中，我們依然接受到永恆的祝福！

曾經是你的且永遠是你的　法昂

二、莎茀致法昂書

法昂：

夜已將星光的金網撒了下來，群山靜寂，海也似乎思睡了，幽悄中我的靈魂在呼喚著你，在呼喚著你，你揚帆而去的舟子呵，你可曾聽到嗎，你可曾聽到嗎？對岸茂密的橄欖林也似發出了同情的嘆息，但何以你竟如此緘默，呵，暗夜已籠罩住我整個的心靈了。

今天本是你們預定自海上歸來的日子，我曾帶了我的弦琴，佇立海岸等待你，午後天色是那樣晴美，白色的鷗鳥如同撕碎的雲片，在水上低低掠飛。終於在將近傍晚時，那隻熟悉的船兒婀娜駛來了，像是滿載著希望，我微笑著感謝那出生在艾達山上的神，船頭那一片金紫色的霞影，正是對我們的祝福呵。你的許多伙伴們，個個帶著為海風吹得黧黑的面容，歡笑的投向岸旁家屬或情人的懷抱，我四下觀望，只是不見你的影子，我怔怔的望著水上的夕陽，它也似乎帶著我的夢與希望漸漸沉落……。我痴痴的站在那兒，不知過了多久，等到我抬起頭來，才知道人們已散盡了，灘岸上留下了凌亂的足印，一陣淒冷的海風吹來，使我泫然欲泣，這時，我忽然看到和你最相知的一個水手——金色髭鬚的西比亞士，匆匆的向我走來，他向我頷首為禮，悽然而笑，自那黯淡的笑容裡，我已有一點悲哀的預感，我踉蹌的迎他走去，向他問起了你，他告訴我說，你並沒有隨船回來，卻已於十日前轉到另一隻船上，駛向更遠的加里亞海峽了，他將你的一封信交到我的手中，撫慰似的拍拍我的肩然後走了。只留下我獨立海濱，我默默的凝望著停泊水上的那隻船兒，呵，這曾看到過我多少次歡笑的船，如今又看到我的清淚了，幾年以來，載你遠行，又將你送到我的面前來的都是它，我恨著它又愛著它，但是今天它又歸來了，它又來到我的面前了，那個立在船頭向我招手的人兒呢？呵，今夕哪一片幸運的海水，照映著你昂然的身影呢？

我茫然的踱了回來，窗外傳來了大海的微語，我展讀了你的那封信，呵，法昂，你當真離我而去了，正如有一次你向我所說的，當時我還以為是戲言呢，你這殘冷的人呵，果真如你所云：造成我們訣別的是那時時來訪看我的詩神嗎？

你竟是如此心地狹隘嗎，你的信上說，你嫉妒那為我所崇慕的詩神，你說在他的光輝中，我常常忽略了你的存在，所以你才去了，帶了憤怒與恚恨，你，鹵莽的水手，你，殘酷的愛人呵，愛詩與美，正是我這希臘女兒性格中最值得誇耀的，難道這是我的過錯嗎？你竟忘了嗎，當初你是讀了我的詩句才來到我的面前的？我還曾讚美過你，我說你雖不寫詩，但是你心靈的美妙弦索，恰能伴奏我的詩句，合拍而中度，你了解我的詩，正如你了解你的海洋，當初介引我們相識的，你能否認不是詩神嗎？呵，你這善忘的弄潮兒！當初我獨行獨吟於波納比倫山巔，沉酣流連於詩境中的神態，不是曾使你感動嗎？你，美貌的舟子，是希臘群島上許多女孩所羨慕追求過的，你在她們中選擇了我，難道不是為了詩所美化的靈魂嗎？難道你所愛的是平凡的莎茀嗎？為何如今你竟遷怒於「詩」呢？你是不公平的，詩神是無辜的。當初你既曾為了詩神賦給我的美麗而注意到我，如今何以又為了詩神與我的親近而揚帆不歸？是因愛我日深而心地日狹，抑是你航行外海，心中別有縈繫，以此為藉口呢？我希望你是因了前者，但我心中懼怕——我怕後一個原因更為確實。

我望著窗外的夜，與更遠處閃著微光的海，淚水迷茫了我的眼睛，迷茫了我的心智，呵，你無情的舟子。如果你當真厭煩了我這隻寫詩的手，那麼我寧願以它來種植大麥、小麥同豌豆，改在大地的篇頁上，寫綠色的詩句了。我寧願棄絕了詩神，拒絕他再度來訪。你傲慢的、乖戾的人兒呵，不是卑微的莎茀向你屈膝，而是為了一切都應在愛神前俯首，詩神莊嚴高貴，但是比不過邱必特閃光的雙翼！如有一日，你自海上回來，你將看到我掮著白土的瓶子，親自為你去汲水，更到橄欖林的深處，去給你摘取那鮮碧的果實，回來吧，法昂，豈能終日在海上飄泊呢？橡樹林蔭中的屋簷下，有著莎茀在呼喚你呵，是什麼聲音吸引住了你，但願那是海濤的呼嘯，而非西奧斯或巴羅斯島上女兒的歌喉！

你在信上說，你不願你的身影為詩神的衣裾所掩，我再度申明：我願把一切都交還給詩神，連同這隻手、這枝筆。我願剪去了我生命中不為你所喜的枝柯，即使別人稱讚上面開著罕見的花朵。我要做一個純樸的愛人和妻子，沒有愛情的生活是虛妄的，我不能忍受，法昂呵，回來吧，我會與你相偕回到大自然裡去，並與你一同享受那動蕩、多變化、有刺激性的海上生活，如你以前所說，我們要以橡樹做一隻新船，到尤卑亞、亞提克、亞爾各里得去，更橫過紺碧的愛琴海，泛舟巡行於排比錯列如柱廊的高聳海面的諸島，再抵達那些小島形成的海的內庭。使愛琴海上每座島嶼，以及一些秀麗的谷、川、岩、灣都成為我們幸福的小宇宙。海上生活過得日久了，我們也可攀登戴金特山，看它如何環繞著平地，形成了暗綠色懸崖的花圈，……這一切都充滿了美與純淨，做成裝飾我們生活的圖案。啊，我們不是更可以火山石築屋海邊，日午時分，自藍色的森林與淡綠的橄欖叢走回來，坐在屋前，看海浪的白帶衡量著涯岸，預算著下次船兒開航的日期，……呵，一切將屬於我們，一切屬於了解愛情與生活真趣的我們，我看透以前的虛妄，不再留戀紙筆了。

親愛的法昂，我的靈魂在熱切的呼喚你呵，向了這一片茫茫的水波，如同你向詩神索還了我，我要請求海神放還了你，如果殘暴的海神波西通不將你送回，我便要直謁他於宮闕了。[*2] 只要有尋到你蹤跡的希望，則我又何憾，在生活中見不到你，在長夢中總可以見到你的影子吧？法昂，我希望你不要漠視我的言語，因為我已將自己置放在監視誓語之神的足邊。

2 此句隱約指出沙茀投海一事。

談文藝創作（代跋）

文藝是什麼呢，簡單的說來，文藝是生活的紀錄、人性的研究、世間的素描。它是自大千世界中林林總總的形象裡提取出來的精彩、動人的片段，同時，也是人類靈魂的聲響的錄音。

文藝的背景便是褐色的地球上一片古老的大地，這一片蒼茫，便是我們登場扮演人間悲喜劇的舞臺，一個作家，要面向著這舞臺面，拉開現實的幃幕，而以銳敏的透視力，穿過物象之表，看到其深邃幽微之處，用靈智之光，將之照明，而以神聖莊嚴的精神，來從事這神聖而莊嚴的工作。

要做一個文藝工作者，除了先天的秉賦以外，更得具備兩種修養：

心性的修養與心智的修養。

我們要將自己的心靈，擴而大之，將天地萬物，都裝盛其中，包被一切，涵容一切；同時，更要將「自我」完全忘掉。藝術家的最大敵人，藝術創作的最大障礙，每每便是「自我」，因為有「我」便會有「偏私」，這便會使作品減少了崇高與博大，寫作的天地，乃變為逼窄狹小，所謂一個作者不應為自己而存在，乃是為了別人而存在，就是這一意義的延伸。我們展紙搖筆，不是為了榮名虛利，而是為了全人類、全世界。同時，更應有溫熱的心腸，體察一切，同情一切，所謂「與花鳥共憂樂」就是這個意思。一個作者如有惻隱之心，慈悲之心，才能以一雙悲憫的眼睛觀照世界，如此才能洞燭一切，了解一切，在作品上塗敷了色彩及光燦，一種自他靈魂發出的輝光，使他的作品具有了生命。往往有人認為文藝作家是最迂闊不解事情的，實際上，他卻是最通達物理人情的，一切動人的作品，來自他那透明的心胸。記得悲多汶曾說過：

「神啊，你在天上參透我的心，你認識它，你知道它對人類懷有熱愛，具有行善的意願。」只有發出這樣呼聲的悲多汶，才能譜出了扣人心弦的名曲。音樂家如此，文學家亦然。一個心地溫熱的作家，在篇章中才能強調宗教感、倫理感，發出了愛及正義的呼聲。

如果一個人只具備作家的才能而無那份卓越的精神，依然只是個膚淺平庸的作家，其作品談不到深度。文藝不過是對人生的解釋，而如這個解釋者自己沒有超越的觀點，他的一切說明也只是平常而乏味的，如何又能引導讀者的心靈，引渡讀者的心靈，使之超出於個人的領域與生活的水平線，如何又能開闢出一種新的境界、崇高的境界，任人類的心靈翱翔？

談到一個文藝工作者心智的修養，可以分做兩點來說，一是多讀書，一是多體驗生活，也就是多讀人生這本大書。

要讀些什麼書呢？我們的答覆很簡單：「要讀各種的書。」因為文藝是綜合性的藝術，欲在文藝上有造詣，須有各方面淵博的知識，文藝之路，原是與各種的學問相通的。當然最要緊的還是多讀文藝的著作。

我想我們應先讀一本精詳的中國文學史，然後再去讀西洋文學史及世界文學史，如此則對古今中外文體的演進，文藝思潮的變化起伏，各時代大作家的生平及著作，以及他們風格的特徵都可有一概念，如此再去選讀文藝著作，當可知道何者值得讀，何者不值得讀。時代的篩子是無情的，但卻是公正的，它不對任何人偏袒，經過了若干年代播篩的結果，所留下來的必是人類精神庫藏中最有價值的明珠。近代的文藝作品我們要讀，古典名著更應多讀，掀開封面，一個廣大富麗的世界呈現於我們的面前了，一些第一流的天才和我們傾談、對語，這真是人生最大的享受！

我國的古代典籍，是每個從事文藝的人要詳加研讀的，一個不善駕御本國文字的作者，絕不會寫出優美的作品來的。學習古人運用文字的技巧，然後去創造自己新穎的作品風格，才是一條穩妥的路子，我們要埋頭讀書，到最根本的文學源頭去汲取清水，充滿了我們心智的瓶子。我們要讀我國古代的文藝作品，讀古希臘羅馬的作品，像蜜蜂穿飛於花間，釀造自己的蜜汁。昔日我曾翻讀一個西洋名作家的傳記，其中有這樣的一段：

> 這個冬天，我完全研究戲劇，在其中看到許多新的事物，我讀了莎士比亞、歌德、莫利哀，我更要讀莎福克利和幼里披底斯的作品……，他們劇中的人物，一一在我們的心頭映現……。

當時，這位作家已是震動世界文壇的巨匠，且年紀已過了五十六歲，他尚且如此的在典籍中鑽研，我們豈可自恃天分，而不肯去接近書本嗎？

再說體驗生活——闔上了書本，我們更應該讀「人生」，人生是一本大書，是一本奇書。大地是它的篇頁，我們日常接觸到的一些人、物便是這本書上的插圖，一些大事小事，便是這書裡的情節。我們切不可厭棄這本書的內容瑣碎，它的富麗正寓在它的平凡瑣碎之中。在一篇文章裡，我曾提到過：

> 作品的高貴與卑微，絕不以所取的題材決定，而是以流溢其中的那股生活的精神來決定——就是 spirit of life，這是最要緊的，無論多麼普通而卑微的生活，皆有其代表這種生活的特徵與精神的要素，能把握住社會上某一階層人物生活的精髓，而以生動之筆將之表現無遺，寫出在平凡狀態中的心地、靈魂與智慧，反映出普通的生活，塑造出一代表整個人類的型模，這是作家最高的技巧，也是文藝作品價值之所在。

在這段文字中，我們注重的是普通與平凡四個字，像希臘悲劇一般，專以帝王后妃為作品中抒寫對象的時代，已經過去了，我們要寫的是我們普通人的平凡生活，文學本就是反映平凡人生的，只寫那些變態的、不正常的生活中的意外事件 (accident)，並不是正常的寫法，人生並沒有那麼多特殊而荒誕不經的離奇事件，而一個作家的信條，應該是：

不寫不可信而可能的，
寧寫不可能而可信的。

這樣，透過了作者的筆端，才能顯示出人間生活，見出其偉大處及軟弱處、卓越處與荒謬處、可笑處與堪哀處，而引人深思，發人深省。日本作家橫光利一，曾寫過一篇小說題目是〈拿破崙與輪癬〉，所用的便是這樣一種筆法。這位叱吒風雲不可一世的法國英雄，因為生了一種可怕的皮膚病「輪癬」，痛癢難熬，便常常去抓搔，有一天正在抓癬，突然被他的新后（奧國公主）看到了，他十分惶急羞愧，深恐他這種流行於平民中的皮膚病，會引起這位出身貴族皇室的新后對他的蔑視，他乃不顧大臣的勸阻與嚴寒天氣，出兵征俄，希望藉了赫赫的武功以挽回他在皇后前失去的面子，結果慘敗。像橫光利一這種筆法，就是自平凡的角度觀察人生的一個實例，這種作品，看了會使每個讀者對自己做一番內省與檢討的功夫，而在這錯綜卻充滿了矛盾的世界中，尋到了精神上的平和、美的諧調，這是文藝作家的神聖職務之一，而要想達到這目的，必須先將人生這部大書讀熟。

文藝作品中所要表現的是什麼呢——自古今中外的文藝名著裡，我們尋到了這個問題的答案：人性。在前面，我們即曾說過，文藝作品必要放射出普遍的、共同的人性光輝——這原是作家們異中求同的結果，文藝及一切藝術品能達到為全人類普遍接受，共同欣賞的目的，其原因在此。不論我國的、義大利的或希臘羅馬的作品，它能為世人所熱愛，在於它能突破了國界、種族的藩籬，而寫出人類所共有的特質——那深刻而單純的人性 (human nature)，所以能為一切人所了解，因為它內容表現的，可以說是一種共同的情操，這是一種最易了解的「世界語」，能夠做到這一步，作品才可以說是攀登到藝術的頂峰，而表現出一種最崇高的美，它說著一種無聲的語言，但比有聲的語言更能激動讀者的心靈。

所以，表現人性是一篇文藝作品中所不可缺少的，因為文藝作品的對象是人生，所寫的是人性，而絕不能是脫離了人間的一些毫無煙火氣的文字，相反的，它是充滿了煙火氣的——因為煙火氣正是人間「象」的主要「象」之一。美國的紐曼曾說過：因為人是有過失的，所以，寫一種純淨無過惡痕跡的「文學作品」，在名詞上已犯了矛盾。我們寫出了可「善」可「惡」的人性，以及人心中的喜怒哀樂，才算是克盡了一個作家的任務。但要想做到這一步，一定要大睜著眼睛透視人生，看明白現實，且予以極精密的分析。

我們寫至此順便追詢一下，到底什麼是人生呢？人生是一片波翻浪湧的大海，而人類卻像是忽隱忽現，飄在海面上的泡沫，這些小小的泡沫，都受一種東西支配著，那種東西就是欲望。王國維曾經說過：「生活之本質為何？欲而已矣。」他又說：「一欲既終，他欲隨之，故究竟之慰藉，終不可得也」、「欲望痛苦與生活三者一而已矣」。人生的本質、生活與欲望痛苦三者乃是一體，生活的欲望，使我們造成了種種過惡，而對此過惡，大自然的法則即以痛苦來懲處它（此乃宇宙的正義），因了感受到痛苦，乃生一種懺悔的情緒，在懺悔的心情下，人乃掙扎著力求解脫。一切藝術的目的，就在於寫出這痛苦，而能示給人超脫的路子，像歌德的《浮士德》，自浮士德博士不耐書室的寂寞而油然生享受「人間歡樂」之後寫起，由於他心中世俗的欲念，而靈魂墮落，末了靠了女主角格瑞思的指引，得以懺悔，祓除了一切靈魂上的過咎，得到超脫；又像但丁的《神曲》，是自〈地獄篇〉寫起，末了寫到超升至美麗的天國樂園。這兩部作品並不是傳教的文字，而是說明人生自墮落到升騰的歷程，自這沉落到升騰之中，便有無限的掙扎、矛盾存在於中，文藝作家便是寫出人性中那向上的、美麗的、光明的一面，如何戰勝了墮落的、醜惡的、黑暗的一面，而自「邪惡中提取出了善；醜惡中掘出了美；虛偽中尋出了真」。

終於，善的、美的、真的憧憬，激發了人類向上的意志，而達到一理想的境界。一個偉大的文藝作家，不論他的筆法屬於那一個派別，而在心向上，他必定是個理想家，他生在平凡之中，卻不安於平凡，生於悲苦之中，而不甘於悲苦，永遠在追慕、在渴求、在企望、在讚揚，企圖脫離可悲的人類於痛苦的水火之中，而登之於平和愉悅的境界，向著這一片妙境，他彈奏著心靈的金琴，唱出了讚美之歌。因為有了他們，人類的精神才能提高，生活才得以美化。他們不是宗教家，但藝術的極致與宗教的極致，是一個宗教的最高理想，是建天國於地上，文藝家的理想，也是以筆、以血、以淚重造一個充滿了愛與光的和煦人間，所以，一個真正文藝作家所追求的極致，不是藝術，而是生活——理想生活的最高境界，如此，他乃自藝術的範疇突破，而入於道德的範疇。

文藝作品的基調，是博愛，是同情——自古至今，不知有多少作品被寫出來了，被讀過了，又被忘卻了。時代是一面無情的篩子，有兩隻無情的冷眼，它曾目睹過多少歷史上的興亡，及各種藝術思潮的起伏，它的巨眼，更曾看見過一篇篇作品的發表、暢銷，末了交給塵土與蠹魚收拾了。如今我們讀書，往往看到作者在字裡行間列舉出一些陌生的書名或人名，而這些名字，如不是末了由作者或譯者殷勤的加了一個注釋，說明「此乃某世紀很流行的一本書」或「此乃某個時代極負盛名的作家」，我們簡直不知道它的所指。記得有一次我在一本畫報上看到一位法國露易絲．高萊女士的畫像，旁邊註著一行小字：「這像是庫柏所畫，畫中人是當時一位很時髦的女詩人！」呵，「當時一位很時髦的女詩人」！有多少諷刺、感慨、悲劇的意味，隱含在這幾個字的背後！當時如何如何，而今安在？使人不禁越想越恐怖。我們真不應該只以做「當時的」、「時髦的」作家或詩人為滿足，只寫出當時流行的作品，我們的眼睛，實在應該再看得遠一點，我們該看到的是未來，注意的是永恆，追求的是不朽。我們實不該為了一時的名利沾沾自喜，或一時的失敗嗒然若喪。

如何才能使作品具有永恆的價值，獲得不朽的生命，而在未來的歲月中，依然對萬千讀者有深刻的影響呢？這便不得不檢查你自己內心的庫藏，看看其中儲存著對人類、對世界豐富深厚的愛與同情沒有？一篇有價值的作品，必是來自一個充滿了高貴情感的靈魂，一個人對一切懷著愛心，充滿了悲憫的人，才能寫出真正感人的作品，所以，我們說，文藝作品主要的基調當是博愛與同情。

一個心頭充滿了憎恨、厭惡或是冷漠寡情的人，他的作品中已是滲進了毒素，那將「侵蝕了讀者的心靈，也侵蝕了它自己的篇頁」。一篇偉大的不朽的作品，必須是充滿了人類愛和同胞愛的，像狄更斯，像雨果的作品中，莫不閃爍著愛的光輝，有一個作家即曾說過：「藝術應當剷除強暴，而且唯有它才能做到，它的使命，是要使愛來統治一切。」世界上已經有許多不朽的文藝名著寫出來了，將來還有無量數的偉作產生，不論它們的內容情節是多麼不一樣，它們的中心思想與結論則永遠是一個：愛與同情。

從事文藝寫作的態度，不外「忠實」二字，文學作品所表現的，是真實的情操，所以，「忠實」乃是寫作的要訣，因為如果寫作的態度不夠忠實，不夠認真，則無法表達作者的真實情操。王國維曾經說過：「詞人之忠實，不獨對人事宜然，即對一草一木亦須有忠實之意，否則所謂游詞也。」所謂對一草一木忠實，亦即作者對所抒寫的草木及任何對象，皆懷著感情，如此則芳草、鳴禽、流水、夕陽都與作者通情愫、共哀樂，這一點，也是西洋的一些作家們所強調的，記得英國女作家瑪利．韋伯的傳記中有一句話：「她的脈管裡流動著的是紫羅蘭的汁液。」何以說她的脈管裡有紫羅蘭的汁液呢？這無非說她與自然界的生物也有著深刻的愛與同情而已。瑪利．韋伯自己更說過：「當那老樹被砍折，我的心也碎為片片。」也是說她與草木能同心共感，如果不能如此，一個作家的文章中也只能充滿了王國維氏所說的「游詞」，那指的是空洞浮泛之詞、游離之詞，不是以真性情道出的，如果一篇文章中充滿了這樣的游詞，讀者自然不會受到什麼感動的。所以，理想的優美的作品一定要一字一句出自肺腑，發自衷心。文藝作品是什麼？是心靈與心靈的對話。當讀者熱心的傾聽著你的時候，你竟不以真實的心曲向他傾訴嗎？這中間不容有一絲謊騙一絲矯飾，也不能有一絲謊騙、一絲矯飾。

另外，從事文藝創作的人，應該有耐苦的美德，一件藝術品的產生——一支曲子、一幅畫、一首詩，如果它具有不朽的價值，絕不是很草率很容易的產生出來的。創作它們的人，也許可以說是天才，但天才是什麼，嚴格的說起來，不過是「長期耐苦」的另一說法而已。當初，佛羅貝向那個才學習寫作的莫泊桑說：「可是，年輕人啊，千萬不要忘記這個吧，才能只是一種悠長的耐性——用功吧。」天才是悠久的耐性，這是佛羅貝的自艱苦的寫作歷程中體驗出的一句話，是值得我們仔細玩味的。

還有人曾說過，藝術之神是最妒忌的，這話的意思是說，如果你想博得藝術之神的青睞，你就得拋棄了一切，等到你一無所有，幾陷絕境，一片空冷之中，你會聽到文藝女神走上你那顫搖的樓梯板。我國從前有一句話說：「文章窮而後工」，這「窮」字，指的並非只是「沒有錢」，更包括有「日暮途窮」的意思，當一切的夢想理想都歸於幻滅時，精神上唯一的宣洩便是寫作，好像悲多汶曾經說過：「野心沒有了，愛情沒有了，剩下只是力！」這力便是靈魂的力量，世間的一些歡樂都會削弱了它，而苦難卻會使它加強，當環境在積極折磨你的時候，便是最有利於你寫作的時候，便是你靈魂的力量昂揚澎湃的時候，便是你的寫作才能飽和、開花的時候。

要想在文藝上有所成就嗎？那麼就拋開一切。追隨著文藝女神走上前去吧。不怕孤獨，安於貧困，不憂匱乏，更坦然的，鎮定的應付一切苦難的挑戰。雖然也有些例外，但許多偉大的作品，是一個作家在貧窮中孤獨中，創作出來的，有時候，他失去了安慰，不得溫飽，寂寞難堪，無可告訴，踽踽獨行於人生的曠野，生命有如一片可怕的空白，這時候，創作的靈焰，往往便閃現出極其璀璨的火花，那股潛伏已久，不屈不撓的生命力突然間噴激昇華，這時，一個作家倘孤注一擲的將靈魂的全部強力都放在作品上，往往會成為震鑠古今的不朽巨構。所以，有一個作家說：「每一件作品，皆是由一個藝術家孤獨中創造出來的，他在辛苦的工作著，也許忘記了其他一切的存在，跳動著的心，搜覓著的眼睛，貧窮、需要、希望、憂懼，是他的活模型，這些都是他的靈感，藝術家在他的作品中找到了出口，表現他的合宜的特性，這是與他的力量成正比的。」

《波華荔夫人》那部小說，我想有很多朋友都已讀過了，這部書的作者佛羅貝的傳記中，有一段說到他寫作此書的過程，讀來每使我感動得熱淚盈眶，記得其中有一段如此記敘著：

> 經過六年的辛苦伏案，六年的折磨人的心理上的痛苦，寫出了這部《波華荔夫人》，當佛氏在一八五一年才自近東回後，立即坐在珂羅塞的小屋裡，在寂寞孤獨之中，開始他的寫作，那時候，他還不到三十歲，當那書於一八五七年問世時，他已經三十六歲了。

這是一段多麼純樸而平實的描寫，但卻是多麼的動人！佛羅貝的傑作是在簡陋的小屋裡寫成的，我國曹雪芹的《紅樓夢》是在破廟裡寫成的，小屋破廟又有什麼關係！記著，文藝女神是一個貪婪的主人，她索求你的一切，必要的時候，甚至於我們得連生命都獻給她，在一片淋漓的墨痕之外，更用一腔鮮血來解釋對她的忠誠與愛戀！

由於作者為作品受盡了苦辛，讀者才在那字裡行間發現了愉快，作者寫文章的過程，好似製葡萄酒的過程，葡萄經過一番壓榨，飲者才能享受那甘美的汁液。有人曾經寫過這樣的一個公式：作者在作品中付出的，等於讀者在作品中獲得的。你願意引起讀者大眾的共鳴嗎？你得先彈奏你心靈的歌曲，用你的苦痛換取讀者的愉悅與讚賞。天下絕無不勞而獲的事情，你要獲得，必先付與。

文藝作品的最顯著的特徵，就是獨創。當然，在文藝習作的過程中，少不了揣摩——揣摩名家的作品，但這揣摩，絕不是抄襲，而是學習，曾經有一個哲學家說過：藝術作品中的「新」，是自「舊」中脫穎而出，這便是說研究過去時代留下的傑作，諳習其妙處與技巧，自己的作品中才能閃發出新異的光輝。別人的藝術技巧，經過作者自己的天才的溶化，而改呈了一個新面目，這便是揣摩與創作二者的關係。一件藝術的創作裡面所表現的精神總是作者自己的，一個天才作家的特徵，就是能在他的作品中，加蓋上塗抹不去的自己的圖章。這個圖章裡面，有他當時的時代精神、民族特質、地方色彩、生活動態、自己的靈魂，這樣，他的作品中便閃發出一種獨特的美，這也就是歌德所說的「獨特的藝術」。

文藝作品中，絕對要富有時代的意義（表現時代，同時，超越時代），它是絕不能脫離了時代而騰空、高蹈的，愛默生曾經說過：「倘時代精神征服了藝術家，而由其作品中能發現出時代精神的表象時，這作品中便保留著某種雄偉的特質，對於後世欣賞這作品的人，它代表著不知的 (unknown)，必然的 (the inevitable)，與神聖的 (the divine)。」因而能永遠流傳，為人吟誦不絕。

所以，要想在文藝創作上得到成功，不應企圖自時代及環境中逃避，反之，應挺身而出，接受大時代波濤的洗禮，使自己的脈搏與大時代的脈搏一同跳躍，心靈與全人類的心靈相通。如此他才能寫出一篇反映世相，反映群相的作品。文學本來是人間的東西，一個作家，應該走在時代的前面，勇敢的接受現實生活給予他的一切，不論是快樂也好，苦難也好，他應該有那份勇敢來接受它，來嚐味它。像德國的名作家雷馬克因為參與過第一次世界大戰，才寫出了那本動人的《西線平靜無戰事》，而如奧國的作家高斯蒂落，如果不是由於本身的經驗，一定寫不出那部著名的小說《昏黑的日午》，同時，我們當然也都記得左拉為了寫小說而到洗衣店做工的故事，所以，一個作家，如想在寫作上有成就，一定要做個智者——仔細的去研究、觀察，而徹底了解人生的底蘊；要做個勇者——勇於接受人生一切的苦難，一切的折磨；要做一個聖者——敢於犧牲，為了對人類的愛而戴上荊棘的刺冠。

文藝創作的過程，可以簡單的分作三個步驟，一是觀照，二是發現，三是再造。觀照，指的是我們欣賞觀覽外物。發現，是以我們內心的光輝，照耀出物象的內蘊。再造，即是將作者的精神和生命，注入所觀照的素材之中，這很像《聖經》中〈創世紀〉中所敘述的——造物主輕輕的向所造的泥人吹一口氣，而將生命注入其中，使祂創造的小宇宙及其中的人物都成為活生生的。

在觀照中，需要作者的智慧，在發現與再造中，需要作者的想像力——這想像力實在是很要緊的，哲學作家斯瑞曾經說過：「藝術家要在想像的熔爐中，熔化堅硬的事物素材。」同時，莎士比亞也曾有如下的說法：

詩人的眼睛，在神奇的狂悖中轉動，
便能從天上看到地下，從地下看到天上，
並且，想像會呈現出不可知的事物之形。
詩人的彩筆
再予以如實的形象，虛幻的莫須有之物，
也會有了居處同名堂。

這一段話，整個的描述出想像力的神奇。因為有了想像力，作者才能自靜的素材中，汲取了動的生命。

將創作的過程分作觀照、發現與再造是西洋作家的說法，我國的學者，對創作的過程，也有類似的解釋：「詩人對於宇宙人生，須入乎其內，又須出乎其外，入乎其內，故能寫之；出乎其外，故能觀之；入乎其內，故有生氣；出乎其外，故有高致。」所以，一個文藝作家，實際上應該有「跳躍」的本領，時而潛入物內，時而縱身物外，如此才能寫出優美動人的文章來，不僅能表現出物象的形態，且能抉發出人生的精髓。

總而言之，創作之路，實是一條苦路，創作之門，確是一道窄門，創作之峰巔，是峻高難攀的，我們在創作藝術上的追求與探尋是無止境的，它需要人的精神集中，生死以之。跋涉復跋涉，追尋復追尋，到了最後的一剎那，我們也許看到文藝女神的背影。

說到這裡，我卻想到英國的散文作家吉辛的話，他說：「當我瀕危之際，最後閃現於我的腦際的，便是照耀在英國草原上的一片陽光。」這幾句話，說明了作家對祖國的愛，對自然的愛，對美的愛。雖然文句很簡單，但是越讀越使人感動，讓我們也模仿他吧，使我們對祖國的熱愛，對美的熱情，燃燒筆端。這以外，在目前這個大時代中，我們，每一個執著筆的朋友，更應該熟記譚嗣同對梁啟超的話：

「讓我以血，你以筆來喚醒大家吧。」

用筆蘸著血以喚起同胞，挽救國族的危亡，這是時候了，朋友們，讓我們共勉完成這神聖的大業！

北窗下　張秀亞／著

一扇向北的小窗，為心靈繫上想像的翅翼，一泓曲澗、一枚小石、一片綠影，醞釀成一篇篇的飄逸情思。張秀亞女士在窗內捕捉璀璨的意象，於窗外尋繹人生的啟示。她的文字，有掇拾記憶與自然的喟嘆、洞徹人性及真理的光輝，洋溢著動人的芬芳。她用深富哲思的文筆，樹立抒情美文的典範。

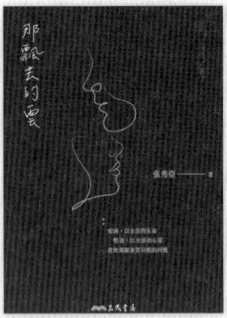

那飄去的雲　張秀亞／著

本書收錄十六則小說，捕捉縹緲的情愛絮語，或憂或喜，都在傾刻流洩的一念之間；描寫稚子翻騰真摯的小小願想，晶瑩動人。筆鋒融合東方抒情傳統與西方現代主義風格，對細節的捕捉、幽微氛圍的營造極其敏銳，從她的筆端真誠不矯的映射出「每個人心中被愛情五味酒浸透的歲月」是如何「掙扎著站了起來，跨出了夢境的門檻」……

我與文學　張秀亞／著

你是否終日為生活所需而忙碌？你有多久不曾留意身邊的人事物？「美文大師」張秀亞女士以美善的心靈、細膩的情思、優美的文字寫成這本《我與文學》。它將開啟你的心靈，讓你以新的眼光來看待身邊的一切，發現日常的美麗輪廓。

三民網路書店 會員
獨享好康
大放送
通關密碼：A7853

憑通關密碼
登入就送100元e-coupon。
(使用方式請參閱三民網路書店之公告)

生日快樂
生日當月送購書禮金200元。
(使用方式請參閱三民網路書店之公告)

好康多多
購書享3%～6%紅利積點。
消費滿350元超商取書免運費。
電子報通知優惠及新書訊息。

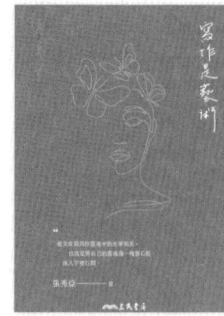

寫作是藝術

張秀亞／著

作者以其得意之筆，寫她對寫作技巧的分析、對我國文學優美傳統的闡釋，以及在文學藝術上的深刻見解，更有她意境高遠的抒情寫景的絕妙散文，詞采清美、光芒四射。欲體會人生哲理，諳習寫作要旨，提高生活境界者，不可不讀。

國家圖書館出版品預行編目資料

愛琳的日記／張秀亞著.－－二版一刷.－－臺北市：三民，2021
面；　公分.－－（張秀亞作品）

ISBN 978-957-14-7205-8（平裝）

863.55　　110007829

張秀亞 | 作品

愛琳的日記

作　　者　張秀亞
發 行 人　劉振強
出 版 者　三民書局股份有限公司
地　　址　臺北市復興北路 386 號 (復北門市)
　　臺北市重慶南路一段 61 號 (重南門市)
電　　話　(02)25006600
網　　址　三民網路書店 https://www.sanmin.com.tw

出版日期　初版一刷 1958 年 5 月
　　初版五刷 2011 年 10 月
　　二版一刷 2021 年 6 月
書籍編號　S850320
I S B N　978-957-14-7205-8

著作權所有，侵害必究
※ 本書如有缺頁、破損或裝訂錯誤，請寄回敝局更換。

三民書局